何不认真
来悲伤

向着记忆的光前行

郭强生 —— 著

江苏凤凰文艺出版社
JIANGSU PHOENIX LITERATURE AND
ART PUBLISHING

春 余

今 生 一 场 聚 散 已 足 够

夏 暮

我 的 一 生 献 给 你 ， 才 知 幸 福 是 吵 吵 闹 闹

冬 噩

为 什 么 总 是 家 人 ， 伤 我 最 深

雾 起
不过是陌生人

霜 降
青春让人惆怅

清 明

所 有 的 坚 强 都 是 不 得 已

后 记

面对过往的幸福，

对我而言，

远比回忆悲伤更需要勇气。

春

余

今生一场聚散已足够

何不认真来悲伤

面对过往的幸福，对我而言，远比回忆悲伤更需要勇气。

逼视曾让我受伤的记忆，至少证明我不再惧怕面对。就算偶有暗影反扑，也只像是遥望对岸的浓雾。

在悲伤的回忆中，我才能保持一种战斗的姿势，在空灭颓亡来临前。

幸福的记忆却让我感觉软弱，因为发现自己曾经对生命的流逝毫无警觉，总要等到它成为记忆后才懂得，那就是快乐，而当下只道是寻常。

中年后不敢多想那些无忧的过去。无忧源自无知，不知道烦恼有父母在顶着，不知道何为生老病死，不懂得无人共享的快乐其实不算快乐……

也因此，快乐的回忆只能点到为止，否则就要惊动了失落与遗憾。

偏偏总有久远的往事偷渡登岸。

翻开了堆放已久的积灰相簿，企图捕捉那其实已很遥远的、我们曾经一起去拍的全家福，那是种什么样的感觉。

那时，我们总是为了拍全家福专门跑去照相馆。除了其中一次是因为哥嫂带着初生的女儿首次回台，连年近九十的外公都出动了，其他去照相馆拍照的动机背景我已一概模糊。

或许都只是临时起意。那总有个提议的人吧？如果要我猜，准是母亲。

母亲喜欢玩相机，或许说，她喜欢记录家人的生活。台湾第一家彩色冲印照相馆到底是哪间？这些年出现各说各话的情形。但据母亲告诉我的，真正的第一家是早在一九五几年的名为"虹影"的照相馆。母亲是他们当时招考录取的第一位员工，担任会计职务。老相簿里还有摄影师为母亲拍的沙龙照。那时的母亲真是美。

继续翻阅相簿，发现都是母亲掌镜的时候居多。记忆中家里的第一台相机颇难操作，要将一个长方匣捧在胸前，从上往下看进匣里对焦，光圈和速度全靠手调，只有母亲会用。家里其他三个男生爱笑那是老古董，该丢了。等到父亲接触到拍电影的工作，有一天回家告诉我们，剧照师都还是用这一款，说是比起后来的单反，它的画质好太多，那时我们才知那相机是属于"专业人士用"的，从此对它刮目相看。

想必是我们懒于学习操作，才会忽略了该让母亲多当模特儿而非总在掌镜。是不是因为这样，母亲才总会兴起去照相馆留影的念头呢？

* * *

不仅拍照总是母亲的工作，连全家旅游也向来是母亲在规划。

说起来，真正一家四口出游也就那一次，去日月潭。那年哥哥高一，我还在上幼儿园。之后哥哥就再也没有跟我们一起去旅行了。一家人留下了难得的户外合影，每一帧的场景时空我仍印象清晰。有一张是我们全翻滚在草坪上，将那台专业级相机设定好自拍模式，并很有创意地倾斜放置，形成对角线的构图。而另一张是造访"毛王爷"时当地导游为我们拍的。除了哥哥坚持不肯外，我们全都穿戴起高山族的服装。关于那次旅游，更深的印象是我一路晕车呕吐，到了教师会馆已手脚僵冷。偏偏都没空房了，我们一家睡的是地下室的通铺。

想起来还是欢乐。绝无仅有的一次合家欢。之后在溪头、垦丁、花莲、纽约、费城、华盛顿，总是三人行。

两个孩子都在异地他乡的日子，没想到父母还是去照相馆拍过几帧二人合影。那时的母亲心里在想什么呢？

* * *

小学时第一次读到《蒋碧薇回忆录》，书里附图中有许多是她第一任画家丈夫徐悲鸿为她画的肖像，便以为画家都爱为妻子或者家人画像。但父亲这辈子只为母亲画过两张油画像。更不用说，我和哥哥自然是没份的。母亲对此难免心有遗憾，却总另找借口表达不满："一直希望你为我父亲画张像，人都死了你还是没动过笔！"

毕竟比起照片来，画像无疑更有纪念价值。至于母亲那两张画像，都是完成于新婚后。一幅画中她穿着水绿旗袍，但该画因台风泡水，油彩早已龟裂破损，却仍被母亲以玻璃框裱起挂在卧室。

另一幅画的则是还留着少女马尾的她。

现在那张人像哪里去了？

我竟然这么多年都没注意到它已下落不明。

*   *   *

父亲盯着电视屏幕上的足球赛目不转睛，我坐在一旁的板凳上打量着他。过了一会儿我也把视线移到了电视上逐球的一群小人，只是放空注目，为了打发掉父子间像这样完全无言共处的时间。

已经六七年了，我们都早已习惯这种形式上的亲情。已经很久，对于彼此都存在着不撕破脸就好的应对方式。

我仿佛知道整件事是怎么发生的，却不愿接受。

一开始先是发现，与哥哥一同出席父亲的画展揭幕仪式，父亲怎么只向众人介绍这位"在美国当工程师"的大儿子，对于他身旁在台湾当教授的另一个儿子却略过不提？又有一次，忘了为什么细故争执，扯到了他的一位学生，父亲竟然对我说出了"我跟他更像父子"这样的话。

那年，发现八十五岁的他跟一个来路不明的女人交往，我一再提醒他那女人肯定没打什么好主意，父亲竟用轻蔑的口吻回我一句：

"这是我们男女之间的事，你懂什么？"

四十四岁那年搬出了老家，把家让给了他与那个来路不明的女人。但仍不敢住得太远，毕竟在台湾父亲没有任何亲友，跟他"情同父子"的学生们，哪个不是拿到学位就不再出现了？

那时觉得父亲仍需要我，没有意识到其实是我更需要他。母亲已过世，而与我年纪相差十岁的唯一手足，从来也算不上亲近。我赖在父亲身边，怕离得太远，就会失去自己跟"家"这件事的最后联结。

一年多前父亲开始出现轻度失智的症状，每周日我回"家"一趟，陪他上上馆子。问他什么，得到的回答都是"不知道"或"不记得了"，语气却很平静。有时我心中会暗自怀疑（或期望），他的不记得会不会是伪装的？很小的时候就已经有印象，母亲经常为他爱拈花惹草费神又伤心。惯爱偷吃的男人擅于伪装、说谎与耍赖，也许老来可用来自我保护，让他不想见的人无法靠近。

因为缺少互动，究竟失智程度是在恶化，还是药物控制有帮助，我无法判断。问那女人父亲现在的情况如何，她总说好得很。直到过年时那女人外出，我才发现她一直在盗领父亲的存款。

以前我从不过问父亲的财务状况，怕让已有心结的父子之间，徒增了更多的不信任。但我发现父亲名下已经没有任何定存的钱了。我还发现，那女人把失智症与高血压的药藏了起来，有两个月没给他服用。

我决定跟那女人开战。

这回父亲完全不像失智的病人，吼得雷霆万钧："这就是我要的生活，你是什么人敢来干涉我的生活？"

他并非失智到认不得我是谁，但我恍然惊觉，亲情与家人对他而言，会不会只是他人生中曾经走岔的一段路？

* * *

母亲过世第二年，有一次我与好友餐聚，散会前她像忆起了什么趣闻似的，转身小声跟我说："我一直忘了告诉你，你那时候还没回台任教，有一天我很意外接到你妈妈的电话，她跟我说，她很不快乐。"

我当下感觉像被突然宣判，我的母亲不是死于癌症，而是因我的疏忽意外致死。"你怎么到现在才跟我说这件事？"我激动得浑身发抖。

对方无辜地眨着眼睛说她忘了。在那之前，我并非不知母亲不快乐，只是没想到，她有那么不快乐，不快乐到会打电话给我的朋友，以为她一定会把她的心声传到我耳朵里。

记忆中，母亲那时偶尔会在奇怪的时间打越洋电话来。台北时间凌晨四五点，我问她怎么不睡觉，她说睡不着。母亲说话总是嗓门很大，只有在那几通电话中，我听到她细弱如小女孩的声音。

我只能安慰她别胡思乱想。

我考上大学那年，母亲第一次罹癌，身体一下子垮了，体重从以前的五十五公斤，到只剩不到三十九公斤的皮包骨（后来十几年始终如此）。她一直都在抗病的抑郁低潮里，难得见她真正开心的时候。

除了我将启程返台任教的几天前，她打来的那通电话。那次她心情极好，对着答录机说个不停，念完了当天报纸的头条新闻，还是等不到人的母亲最后干脆对着机器唱了一首歌："我有一帘幽梦，不知与谁能共……"

然而我终究没能接到那通电话。

答录机中的卡带被我取下，装进行李，但是还没等到有那个心情放来重听，母亲就在我返台次年病逝。

一直记着那留言的存在，却也不敢再碰。

这些年我一直会幻想着，如果接到电话，跟母亲可能会有怎样的对话？会不会发现也许跟在听答录机时一样，除了想哭，不知道该说些什么？

我已太习惯面对那个不快乐的母亲，偶尔开心的她反愈教我悲从中来。

回台前我原本是这么打算的，至少也回来住个一两年，不能像哥哥赴美后，三十几年来都只是浮云过境般回来吃几次饭就走人，连接父母去他美国的家中小住也一次都没有过。

回台却成了送母亲最后一程。母亲第二次癌症来得意外且凶猛，从扩散到往生，前后不到五个月。

* * *

最后一个母亲节，与母亲多年不和的哥哥从美国打来电话，我暗示他有空回来一趟，妈妈身体很不好。

他说他工作很忙。

"晚了怕来不及了。"我说完便挂了电话。

哥哥在外三十多年，在美国成家定居，和我们这个家甚是疏离，见面次数屈指可数。还有好几次，忘了究竟是为了什么事，最后竟以不欢而散收场。从母亲确诊到癌细胞扩散，她便一再叮嘱，别把她生病的事跟哥哥说。等医院发出母亲的病危通知，我不得不跟他说了实话，没想到他还是说他很忙。次日他拨电话到病房，我劈头就问："机票订到了吗？"他说："还没去订。"我气得大骂："那你打电话来干吗？"

没赶上见母亲最后一面，他却在告别式前夕说出了教我非常吃惊的话："妈妈是被老爸磨死的。老爸当年为什么要回来？他不在的时候，老妈过得很好。他一回来把老妈的生活全毁了……"

母亲对哥哥隐瞒病情，难道因为她太了解自己的儿子，知道他是不会赶回来的？一旦说了，就会有期待，到时等无人影，情何以堪？

母亲走了，父亲老弱了，哥哥与这个家的距离早就很远了。只剩下我还在努力拼凑着许多仍然断裂的剧情。

你不知道我记得

　　我不记得最早是怎么发现那个提包的。以细竹藤密密编织的女用提包，几十年过去了，它仍一直在我的脑海。不是因为那美丽的造型，而是那包包里收藏的秘密。

　　那时我大概上小学三年级，因为多病而经常被关在家里，哪也不能去。总是一个人在屋子里晃荡的时光好无聊，某天不经意就翻到了母亲塞在衣橱角落里的那个竹藤包。打开来，发现里面装了上百封的、淡蓝色航空邮简。

　　在电信如此发达的今日，早已不复见那种古老玩意儿。一张蓝纸折成三折，边缘粘好，就成为一封寄往海外的书信。在那样拮据的年代，不用信封也无信纸，很聪明地把信件重量减到最低。

对于这种邮简的消失，日后总有一种微微心痛的不舍，因为它让我看到，曾经有个年代，叫作纸短情长。放在掌心，几乎感觉不出什么重量的一封封寒酸的邮简，它的内容可以如此沉重。

那一封封信，都是母亲写给当时在西班牙留学的父亲的。

展开第一封，将我带到了另一个时空，比我出世更早的十五年前。

一个二十五岁不到的女人，她的丈夫考上留欧公费奖学金，她带着才四岁的儿子，半工半读，傻傻地以为苦几年，等丈夫回来了，日子就会变好。每一封信都是分好几天写完的，像是日记一样，跟男人细细描述着她每天发生的事，还有她口中的"臭儿子"又做了哪些调皮的事。

好想你，再过四百天你就可以看到臭儿子了……

今天又想到那时候，我们跟臭儿子晚上坐在小破房里剥花生吃……

儿子今天问我："爸爸会寄礼物来吗？快过年了……"

再过一百天，你就可以回来陪他玩了……

你开完画展了，应该准备回家了吧？……

你现在究竟打算怎么样？……

虽然那时年纪很小，但是敏感早熟的我，看了其中十几封信后便倏地煞手。不是因为偷窥而心有不安，而是突然对情是什么，爱是何物，有了苦涩的最初体认。这不是电视上的连续剧，是真实发生在我父母身上的故事。那个女人怎么那么傻，从没想过那男人可能一去不回吗？

但是那一封封信证明了，他们曾经也是相爱的。不是打从我有印象以来，他们之间总有不断的摩擦争执……

把提包又藏了回去，因为不想看到他们在信中开始摊牌谈判。过了几日，包包不见了。应该是母亲发现东西被动过了，换了地方。我从此再也没见过那个包包。但我也不是没有怀疑过，母亲会不会把那些信都扔了、毁了？

* * *

事隔多年以后，我才猛然想到一个当时疏忽的细节：为什么里面都是母亲写给父亲的信，而没有父亲写给母亲的？

父亲一直不肯回来签字离婚，母亲到晚年才多透露了一些细节，原来是因为他连回台湾的旅费都没有。母亲当时已进入一家大企业里工作了数年，同事们都帮着她找律师，甚至托关系跟旅行社担保。在一张欧洲回台的机票是一般人半年薪水的一九六一年，母亲终于以罕有的分期付款方式，让父亲回台的机票有了着落。

看到了臭儿子与父亲终于团圆，母亲动摇了。但是我心里一直猜想，有没有可能，是因为看见父亲带回了那上百封她写给他的信？

父亲是真心想挽回吗？母亲是真的心甘情愿吗？为什么母亲过世后，与她长年不和的哥哥会说出"爸根本不该回来的"这样的话？与母亲交恶，是因为逃避不愿承认父母复合都是为了他吗？母亲是恨他的？这样相信才能减轻自己的罪恶感吧！

父亲回家第三年，我出生了。

* * *

泛黄照片中那个胖得像小猪一样的婴儿是我。

"算可爱吧！"我心想。面对镜头时总仿佛是受惊却又难掩好奇的专注眼神，看着前方按下快门的母亲或父亲，听见他们在说："看这里，看这里。"于是瞬间又安心了，所以嘴角的笑意一直没有被打断。

然而这都是成年后看照片时的揣测，没有人会真正记得自己两岁以前的事。按母亲的说法，我是一个很好带的婴儿，该吃就吃，该睡就睡，几乎都不哭，见到人总是笑。所以她有时会做一件无聊的事，故意拧我一下想让我号啕。"结果你只瘪起嘴，嗯嗯两声就没了。"她说。

　　回忆起这段，她很是得意。

　　等我近四十岁时，母亲见我迟迟对成家毫无兴趣，她又会常常从记忆里搬出我的婴儿时期："小娃娃很好玩呀，洗澡的时候一大团肉，翻过来趴在手臂上洗，像只蛤蟆一样。常常帮你洗香香以后，穿好衣服放在床上，突然你就啪一泡屎，澡都白洗了，哈哈！"

　　每次听这故事我总要做出一个恶心的鬼脸，不明白那样好玩在哪里。

　　为什么上帝造人的时候，不让我们记得婴儿时的事呢？

　　我后来编了一个让自己都深信不疑的理由：人是有前世的。婴儿时期，前世的记忆在基因里仍有残存，必须等它褪去无痕。这一生该修的功课得从零开始，不可以作弊拿前世的记忆当小抄。

　　我常会盯着婴儿的眼睛瞧，有那么几秒钟的时间，我相信他们正在回想是不是曾见过我？然后有些婴儿就对我笑了，有些则撇过脸去，觉得我不过就是一个无关的器物。

我愿意拿两年的生命换我两岁前的记忆，也许多少就会明白，是否很多事从我一出生就已经注定，再努力也改变不了。

总是相欠债

对童年最初的印象是自己总在生病，照片可证，那个胖嘟嘟的婴儿突然就变得瘦弱、无精打采。应该是因为住进了一间非常潮湿的屋子，那栋老屋地板上经常泛出一层水汽，黏滑滑的。早晚咳嗽不愈，慢慢转成了长年的气喘，呼吸道容易感染，让我的免疫力变得极弱。为了我的气喘，得托人从香港买药，而家中另备有一套注射针具，我总不时被带去西药房，打一剂我至今也搞不清是什么的针剂。

"你从小打针都不哭，很勇敢。"父亲说。

没有小孩不怕打针，都是意志力强迫自己不可以哭。幼小的我哪里来的意志力？我真想知道。在可以有权利放声鬼哭狼嚎的那个稚龄，为何我已经学会忍耐？

在那老屋中另一个鲜明的记忆，是母亲生气地拿着一封信在咆哮。

早年父亲刚进大学任教，讲师薪资有限，父母都得工作，家中收入较高的一直是在企业界工作的母亲，遂才能雇请女佣照顾我。那张信纸我认得，是女佣跟我画图玩耍时会用的，有美丽的花边和可爱的娃娃。

信上写什么？女佣又去哪里了？

一年多前，当父亲跟那个女人在一起的事终于浮上了台面时，哥哥忽然跟我说起，父亲一直会和家里的女佣关系暧昧。"你那时很小不会记得，来一个女佣他们就有一腿，女佣闹啊，都是老妈拿钱打发掉，可是老爸这毛病就是不改，没想到老了还是这样。"

我不作声。

他不知道，其实三岁的我，已经懂得发生什么事了。

* * *

早年家中的主事者一直是母亲。许多应该是父亲扮演的角色，母亲都包了，从小事例如找人修缮，或策划全家旅游（连拍照都是她比较拿手），到大事例如理财、购屋、搬家等。曾经父亲在欧洲留学，一去五年把妻儿丢在台湾。母亲一边上班，一边养小孩，还一边念书从台大顺利毕了业，想必是这样才练出的一身好本领。

二十出头的母亲，只有我哥曾独自拥有过。虽然在数十年后，他记得的只是脾气暴躁的母亲常打他。

退伍后工作了三个月，他就说没前途，吵着想要出去，家中没钱只好贷款。母亲后来说，家中所有的现金都给哥哥带上了飞机。我这个哥哥大概早就打定了主意不回台湾了，硕士还没拿到就在美国结了婚。父亲倒是轻松一句："总要娶媳妇的。"母亲却抓狂了。她半工半读一手带大的这个儿子，显然将重演父亲远走高飞的剧目。

等我大学毕业时，母亲明白训斥我，想要留学是万不可能，让我死了这条心。那时候她正在跟癌症搏斗，比我哥离家时老了十岁，我不忍再坚持。毕业后在台湾工作了三年，薪水、稿费、版税努力存起来，有了第一个五十万。结果是母亲看到了我的存折，自己先心软了，只跟我说，快去快回。

硕士念完才觉得入了门，申请到博士班却不能念。母亲哭了："你们郭家的男人为什么都是一离家就不想回来？"我拿到了奖学金，又连得了两个高额的文学奖，于是给母亲写了一封长信，问她："为什么别人家都巴不得能出个博士，我们家却不是？我为何要被哥哥牵连？这太不公平……"

母亲当然又心软了。

常听见学生抱怨起他们的父母。逼他们念了不喜欢的科系啦，不懂得他们在想什么啦，自己的婚姻都有问题凭什么来干涉他们的感情啦……这些情况普遍存在。学生需要被聆听，但是我最后总会冷静地点破他们："那你就照你自己的想法去做啊！"或者，会淡淡补一句："他们只是你的父母，不是万能的。"

做子女的怎么会不知道，跟父母争吵、冷战、闹别扭是因为有效？如果碰上的是完全不管你死活的父母，只能摸摸鼻子自己想办法。

我会跟向我求助的家长说，如果小孩子真的认为那是他／她毕生的梦想，他们一定得学会为这个梦想吃点苦。

这辈子跟母亲有过最激烈的争吵，起因竟然都是我想念书。

很少人知道我这个博士是这样念出来的，一路上都在承受着母亲心理创伤的阴影。

* * *

老年的时候，母亲一直会回忆送我哥上飞机那天。她总说，看到儿子进了海关后，从玻璃门后回头狠狠瞪了她一眼。我总说不可能，一定是看错了。

或许她没有看错。因为在儿子心里，母亲一直是年轻、美丽又坚强的，他才会忘了，他这一走母亲就要开始老了。

即使在父亲避不回家的时候，母亲仍能提供他所需的一切，所以他才会以为母亲是万能的。他可以吵闹、可以抱怨、可以怨恨，因为在我出生之后，母亲再也不是他一个人的了。

"你不知道，妈妈一直恨我，恨我拖累了她。没有我的话，老爸不在那些年，她可以有更好的人生。"我哥是这样说的。

不满的背后是过度的依赖与不愿面对的罪恶感，这是我听到的。

我从没期望过成家，而我这一生唯一有过的这个家，如今也已只剩碎片，掉落掌中……难道成立下一个家才是逃离的方式？

不是逃离，而是面对的时候了吧，终于……

我听见自己这么说。

家，有时就不见了

开始意识到这个家真的快散了，是在二〇一三年秋。那日我在学校上课，突然助理狂打我手机，说是我的父亲出了事。

语焉不详，大概是父亲跟朋友去大陆玩，突然牛了急症，同行友人留下一个号码要我拨过去。

已经有好几年，父亲的行踪完全不在我的掌控内，打他手机常是关机，想找他吃个饭也推推拖拖，父子关系日渐疏远。因此听说他人在大陆，我先吃了一惊，等接通了电话，听说父亲已经三天没有排尿，当地医院诊断是前列腺出了问题，想要立刻帮他开刀，我当下更是慌了。不行，不行，不能在那儿动刀——我赶紧打断对方：“能立刻把他送回来吗？”

对方也同意，但同时告诉我一个令人震惊的变故。你父亲神智好像不太清楚，昨天在旅馆，他没穿衣服只罩了一件睡袍便跑下来吃早餐。我们说要送他回台湾看病，他说我们不可以抛下他……

我的心陡然沉落。前列腺问题事小，父亲会不会同时出现了老人失智？

飞机晚上九点到桃园。我人在花莲，在这个交通极不便利的地方，火车票早早就被观光客抢光，飞机班次又稀少，碰到临时状况根本动不了身。课也顾不得上了，得赶去机场排候补。总算排到了傍晚六点半那班，七点半到台北，立刻再转巴士到了中正机场，恰恰赶上班机降落。

父亲坐着轮椅被推了出来，才一周不见，他整个人瘦了一大圈。

* * *

接下来，带着插着尿管的父亲到处挂号，从荣总到三总，医生竟然都说没法排开刀，要等。但是尿管已经吊了快一个礼拜了呀！大概觉得这样也不会致命，所以医生的反应都阑珊淡然。自费开刀也不行吗？不行。后来才知道，问题出在护士荒严重，照顾不了那么多病床的病人。

想到了那句话，提着猪头找不到庙门。

之前从不知台湾的医疗系统如此深不可测，老百姓只能任凭运气或是看医生的心情，没办法只好走上托人情一途。这辈子从来没有因为自己的事拜托过人，觉得非常难开口，但这回是因为父亲生病，我顾不了那么多了，开始狂发短信。

那一周何其忙乱，我只有一个人，要打点这所有的事已够心力交瘁。更让我忧心的是接下来父亲手术后的照顾工作，以及头脑时而清楚、时而糊涂的他今后恐不再能自理生活的问题。如果失智真的已经在他身上发生的话。

那个父亲从来没打算介绍我们认识，却暗中已交往了好一阵的女人，趁着父亲开刀期间正式露面了。什么？她自己有老公。

了解了她的来历，我心想这应该是假结婚，背景不可谓不复杂。大学教授退休的父亲，怎么会搭上这样的一个女人？

之前身体一直硬朗的父亲不想让我干涉他的生活，但如今，这个女人每天热心地来病房，我的分身乏术究竟是她的可乘之机，还是大家破冰的开始？

*　*　*

父亲不爱吃医院的食物，我到了晚餐时间便得去医院附近买一些食物给他当补充的点心。日子混乱仓皇，想到接下来面对的种种可能状况该如何预做安排，我的眉头总不自觉地皱起来。走出超商，浑浑噩噩地过街，手机铃响也不想接。但对方就是不放弃，一直拨打。到了医院，我把手机拿出来，一个不认识的号码。

出了电梯，手机又响。我没好气地按下通话键，说："喂！"

"请问是郭强生先生吗？"

一听就像是那种推销电话，我本要习惯性地立刻挂断，但那一头的女声比我更急切地抢先一步说："你的皮夹在我这里。"

我一摸口袋，当下脑子里出现的只有三字经。忙中出错这句话真是一点没错，我甚至连何时弄丢了皮夹都毫无警觉。我所有的证件、信用卡与现金……

真是屋漏偏逢连夜雨啊！

不愿留姓名的女子在超商柜台看到了我因心事重重而恍神遗忘的皮夹。我半信半疑地按照她的指示，与她在医院后方的某个巷口碰面，也顾不得万一这是集团犯罪，对方可能还有同伙一起在暗巷正等着肥羊上钩。捡到皮夹不是应送交派出所吗？或者，也应该如她所说，既然掉在超商就该由超商的工作人员通知失主。她为什么会有我的手机号码？前往会面地点的路上，心里还是十分忐忑不安。

直到我看见我的皮夹完好地从她的提袋中被取了出来。

因为她看到超商的柜台人员在捡起我的皮夹时，连张望或询问的动作都没有，直接便要把皮夹抄起往柜台底下一塞，她才多事地大喊了起来："等一等，那是刚刚那位穿西装的先生掉的。"

柜台工读生闻声便慌张把皮夹交了出来。她说，等她追出去的时候，四下已找不到我的踪影，结果她在皮夹里翻出一张我的名片，上面印了我的手机号码。

"你也是有亲友在住院吗？"她问。

我点点头，惊魂甫定，完全不知道要怎么表达感谢。她的一念之间，帮我抢回了我可能再也找不回的皮夹。在我最焦头烂额，感觉如此孤立无援的时刻，让我突然安下心来。

绝对不能让自己先乱了阵脚，这样的好运不可能有第二次了。万一皮夹真的遗失，在这个节骨眼上，重办所有证件岂不是更加让我欲哭无泪？如果捡到皮夹的不是这位，而是歹徒，骗我见面，再押我去提款机领钱洗劫，这样的新闻也不是没有听过。越是忙乱的时候，越是不能再出错了。我从对方手里接过失物的当下，觉得自己好幸运，让我碰见这么善良又热心的陌生人。

再一抬眼，对方却早已跨上自行车骑出巷口了。

* * *

父亲那位来路不明的女友，在父亲出院后便大刺刺搬进了父亲的住处。此后只见父亲身体日益虚弱，经常倒卧床上起不了身，这使得我不得不开始暗中注意那女人的一举一动。高血压的药她根本没给父亲吃。父亲经常一个人在房间昏睡，没吃饭，家里黑漆漆，又脏又乱。父亲银行的钱也被盗领，邮局监视录像器拍下了她同一天去领了好几次钱的画面。

一场"抢救父亲大作战"刻不容缓。如果再迟的话，父亲的命说不定会结束在那女人手上。

从开刀住院到此时为止，我已经为了父亲的事忙了快一年了，经常神经紧绷，或是连续失眠的我，又再度陷入了叫天天不应的无助中。

好不容易让那女人死了心。她的计划已被我识破，且告知她我已在警局备了案。她也不是省油的灯，说走就走，把父亲丢下看我能怎么办。

引进看护，少说也要等上三四个月。身为唯一的家属，这段时候我仍得去花莲工作，真不知要把父亲托给哪个单位？跟从事外劳中介的老同学打电话，竟然四五天没回话，终于等到的回复也毫不热心。幸亏有好友另外提供了可靠的中介，告知台湾有外配看护可试，但最快也要十天后才有结果。

以前听人说，一文钱也可以逼死英雄好汉。对于已分身乏术的我来说，神志恍惚的父亲要如何照护，让每一天都如同我的大限将至。

在父亲住处附近的涮涮锅店独自用餐，老板娘看我愁眉不展，出于关心问起发生了什么事。听完我的叙述，她有点内疚地告诉我，她早就觉得那女人有问题了，这附近的店家谁不知道，那女人总是找老人搭讪，而且她对外开始以父亲的妻子自居，虽然大家都怀疑，但是觉得这是我们家的私事，并且以为我知道，所以她没有多这个事。她很抱歉地说："你都不在，如果能早点儿让你知道就好了。"

"能帮上什么忙吗？"她又问。

其实，我需要的就只是周一到周四，我不在台北的那几日，有人能给父亲备餐，让他早晚按时服药。

老板娘很阿杀力①，当下吩咐店里的服务生弟弟，以后我不在的时候，午餐与晚餐时间把父亲接到他们店里来，他们会为他准备便当，然后再把父亲送回家，看着他把药服下。

也许，真的如老板娘所说，大家住这么近，不过顺便而已，却让我当下差点没哭出来。

---

① 阿杀力：干脆、豪爽。

请带我走

某位做音乐的朋友说起他快乐的童年，对中学以前的印象就是每天在玩，无忧无虑。另一位朋友说起童年，记得的是很小的时候就已经有一种淡淡的不快乐的感觉，常会对着窗外凝望，也不知道在想什么。

这两位当时是男女朋友，爱情长跑了八年，最后还是分手了。郎才女貌，最后成不了家庭，只能说是因为个性与价值观的差异。

其实，不必去看家庭背景的本身，只要比照对童年的印象是什么，两人能不能在一起，或即便在一起会不会幸福，就已透露出端倪。

怎么可能真的完全无忧无虑？有些人天生就可以过滤掉他们不想记得的事吧？

在我们那个年代，家家都是经济拮据的。公教人员的薪水很低，所以有一种奇怪的生活津贴，每月领到几张米与油的换发券。记得那时我常会跟父亲到一间小小的破屋去领米油。有时到月底钱不够用，就把粮票与油票换成现金。

一个孩子的眼睛在注意着家里的哪些事情，大人永远不会知道。

有一回，听见父母又在烦月底没钱的事，而我就读的私立小学正好有什么费用要缴。在次日大雨的早晨，我走进校门，看到一头银发、穿着旗袍的校长站在那里看着小朋友到校，我竟然哇的一声就哭出来，跟校长说我们家里没有钱……

校长通知老师，老师联络家长，到了晚上母亲下班后见到我，有点尴尬，不知道该说什么，印象中大概是安慰我"你不用担心啊，爸妈会有办法"之类的话。

这个小孩也太戏剧化了吧？我又看见了自己在大雨中跟校长哭诉的画面，有点好笑，也有点悲伤。

那个年纪的我，怎么有那么多的担心？虽然家里从来没让我饿着，但是我很小就隐约懂得，撑起一个家不容易。

家家都辛苦的二十世纪六十年代，竟然有人说他只记得小时候每天都在玩，真是岂有此理！"要不是这孩子开窍得太晚，就是父母把他保护得太好，没让他知道一个家可以有多少让人伤脑筋的事。"我心想。

一个人的行为与价值观，或多或少都会受到父母的影响，但是谁又能计算得出，究竟影响有多直接？事实上，我们每个人对自己原生家庭的记忆与认知，未必就是父母养育我们时的真相。

更常听见的是，夫妻相处遇到了问题时，就把对方父母的养育方式拿出来检讨一顿，看看伴侣为什么这么难沟通，或这么不懂得体谅。但童年愉快的人，一定就比较懂得为家付出、为另一半着想吗？我看也不尽然。有时反而是太愉快了，以为一个家自在随兴就可以存在了。

现代学者喜欢用标签区隔所有的事情，把自己与原生家庭做出了区隔，问题又推回给上一代。那父母的原生家庭的原生家庭又该怎么解读呢？

说到底，我们一直都活在同一个家庭里，逃不远的。

差别在于，当我们想起原生家庭的时候，是把父母当成两个独立的"人"来看，还是两种"角色"而已？角色具有功能性，可以评量表现优劣，但是人太复杂，有七情六欲，更有执迷与软弱。

把父母当人看，我们往往都在逃避，因为觉得残忍——对自己残忍。

所有的痛，父母毕竟已经都走过来了。怕痛的，其实是我们。

那么，父母究竟该不该让孩子从小就明白一个道理：一个家的存在不是天经地义的，而是他们用了多少的辛苦与容忍才换来的。

* * *

好几次夜深之际，我又信步循着记忆去探访老家，寻找我的童年记忆。

在纽约住了十几年，离开的时候我没有太多留恋，因为一直都没把那儿当作是"家"。回到台湾也十五年了，不去花莲上课的时候，我的生活圈就只限于靠近永和乐华夜市的住家附近。我起初并没有察觉，自己绕了地球半圈，最后的落脚地竟然距离我第一个有印象的老家这么近。

永和这个小地方，拥挤混乱，但方便得不得了。一直到我留学念书前为止，我们共搬过三次家，搬来搬去都仍在永和。直到现在我有了一户十六坪的小窝，也仍然是位于这个从我童年时的永和镇改制成今日新北市永和区的这方乱哄哄之地。

从纽约、花莲到台北，最后又搬回这附近或许并非偶然。我想，会不会是因为多年前分裂的另一个我在对自己召唤？

"你准备好带我走了吗？"他问。

我在念幼儿园时，全家住过的那栋二层楼小洋房当然早已拆了，在这小区里，它曾是最早被改建成四楼公寓的。贯穿小社区的那条主巷仍在，巷的这边，四楼改建已破旧，而巷的另一边则整片拆除，建成了在永和来说算是高级的花园社区华厦。

对这个老家的记忆特别深。虽然搬离时我才不过小学二年级，但是好像我的灵魂有一部分却始终在那里徘徊。

或许是因为，那是全家四口唯一共居过时间最久的一个家。之后，我哥便去了南部成大读书，然后当兵两年，接着就去留学再也没回来。

或许是因为，我从小体弱多病，几乎大部分的童年时光都是被关在屋子里，所以对那栋小楼房难免最有感情。

在附近左看右看，人生后来的三十多年都像是消失了，仿佛自己又成了那个五岁小童。对童年的种种印象之清晰，自己都觉得诡异。

我想起了父亲屡次深夜迟归，直到某回母亲气到就是不开门，把他的衣物从楼上全丢了下去。父亲失踪了几天后，女佣跑来幼儿园提早接我回家，一进门就看见父亲笑嘻嘻地坐在沙发上抽烟，好像什么事都没发生过。

我也想起父亲总是骑着单车，把我放在前杆上载着，在黄昏的时候我们来到附近小学的操场，然后他把我放在双杠上荡啊荡。还有我不明原因的肠胃炎，连续十几天吃什么都吐，只有在深更半夜，母亲用方糖泡水一匙匙喂我，才勉强让我咽下几口白馒头。几个小时后，一夜没睡的母亲又要赶去上班，然后中午休息时间又转两趟公交车回来看我吃药了没。

父母一直是分房的，因为母亲工作要早起，父亲则习惯晚睡。某日，父亲指着路上的一个女子问我："她当你妈妈好不好？"

小小年纪的我，困惑的不仅是父亲为何有此一问，更烦恼的是，自己到底该不该跟母亲告状？我如何能同时讨好？

我最后还是告诉了母亲这件事，结果自然又是一阵翻天覆地的大吵。

父母吵得最凶的那次，我看见他们俩一早便出门，不知为何，我就是知道他们是去找律师，要办离婚了。

从我懂事开始，我就知道他们的婚姻有问题。一整个上午，我都在担心着自己最后会跟谁住。奇怪的是，我哥在这件事上是什么态度，我全无印象。大概在那个年纪，我就已经有点人格分裂了，我爱我的父母，但我讨厌跟我们同住的那对夫妻……

　　中午的时候他们回来了，我只记得，母亲的眼睛又红又肿。然后我们继续在那屋中生活着，还是一家人。

四十四

那年，系里同事说有一个算命师很灵，以前从不算命的我禁不住吆喝，也好奇地加入了他们的行列，组团前往。

算命师满口嗜嚼槟榔后留下的红渍，不是想象中的仙风道骨，说起话来像围事的黑道。对我的命盘他只瞄了一眼便开讲，表情像被附身，口气突转成了七字一句：

"一生得父母庇荫，父母之一可长寿。四十四岁后不宜居祖宅，应搬迁向北或西南之屋。四十四岁前厌情有始无终……"

像是背完了一长串戏文的算命师，说完便起身上楼消失了。

那年我才四十二岁，照他的说法，四十四岁像是我人生的转折，但一切都还没发生，所以我并没有放在心上。

赫然我已半百，回想四十四岁那年发生的事，发现真的让算命师说中了几桩。尤其是从老家搬出，当初完全在意料之外，难道真有所谓的命中注定？

那时母亲才刚过世，我以为与父亲相依为命是我应尽的本分。每周末从花莲赶回，陪父亲几天又再回学校，但父亲却对我感到不耐烦，连话都懒得说，直到他开口要我搬出去。

我又不是没有能力独立门户！想到朋友们的父母都开始巴着子女不放，父亲的态度让我有一种自作多情的难堪。

当时的我何其驽钝，竟没发现父亲是交了女友，嫌我碍事。我，一个中年男人，突然变得无家可归了。记得自己拖着中介连夜忙着看房子，买下这个十六坪小房之前，我就只有那晚看过它一眼。

与"祖宅"几乎断了关系。

直到那个自己有丈夫的女人，丢下了原以为自己找到了第二春的父亲。那女人走后，我从老家的柜子里搜出了许多药袋，那女人曾挂了各式各样的门诊，从耳鼻喉到精神科，拿回的药都有共同的副作用，晕眩嗜睡。我相信这些药最后都进了父亲的胃里。难怪好长一段时间，父亲总是精神不济，倒卧在床。我甚至还翻出了一支灌食器注射管，让我既惊又悲，更有一种难言的愤怒。

浑噩衰老的父亲，问他什么都答不上来。老家变得十分脏乱，电饭锅里还蒸着那女人溜走前不知已放进去多久的剩饭、剩菜，粉丝豆腐加几根黄烂的四季豆。父亲都在吃这个？

我问父亲："要我搬回来吗？"对于这个问题，他当时的反应竟超乎迅速。"不要。"他说。

* * *

如今，请来的印佣经过两个月的调教，总算是合格了。但还是被我抓到晚上等父亲睡了，她会跑出去鬼混不回家，或是省略一餐没做，反正父亲也不记得自己到底吃过饭没。朋友都劝我，我能做的都已经做了，不可能二十四小时都在盯着，要我学着放下心。

我想到算命师要我四十四岁搬出老家。

如果我就是无法被赶走呢？

同时也想起楼下火锅店老板娘说的："想告诉你，但你都不在……"听到这话的当下，仿佛我纵有百口已莫辩，她又怎知道，我是为何搬离老家的？

老家可以搬出，但关系却是切不断的。当年完全被动的我，现在回想这一切，与其说是算命师铁口直断，不如说是我对亲子关系的认知太单纯。撇开我父母自己的婚姻问题不谈，在我成长过程中，父母给我的家教与对我的启发，绝对是此生受用无穷的一种"庇荫"。但家，也像世间所有的阴晴圆缺一样，不会永远是课本中所歌颂的温暖怀抱。

我们至今仍不确定，我乖乖地搬出来是孝，还是不孝？

命理之说法也无法让我安心。我跟医生说，近来胸口常突然出现心跳多跳了一下的阵痛。

X 光与心电图检查正常，结果医生开给我抗焦虑的药要我先吃吃看。看到药袋上的副作用说明——晕眩嗜睡，我只能苦笑。

一个人面对就好

　　某位刚过四十的朋友对我说，他的母亲身体开始有状况了。他是单亲家庭中唯一的孩子，自己在台北打拼，留母亲一个人在彰化，想到无兄弟姐妹可以帮他一起面对母亲的照护就很担忧，问我该怎么办？

　　我懂得他的害怕与苦恼，这将是十年之内台湾最大的问题之一。

　　我已有一些中壮年朋友因为类似的难题，不得不从职场退下。我也早暗自做好心理准备，像这样花莲—台北两地跑我还能撑多久？曾对大学部班上同学问道："需要独自赡养父母的有几位？"

对这十位举手的同学，我说："你们知道你们将来可能会面临的问题吗？"年轻无邪的脸庞露出了一丝困惑。

未来父亲的情况变化不可知，必要时当然只有放弃工作，而非亲人。

对我这位应是不惑之年的朋友，他的另一种不知所措才要开始。由于都是单身，我更可以理解单身子女对父母这份无法割舍的牵挂。已成家的朋友，再怎么说，配偶与子女的排名还是在父母之前，毋庸置疑。

我安慰他说，就是接受与面对，你会在这件事中再成长一次。就算有兄弟姐妹，我说，这责任往往最后也只落在其中一个人的身上，其实没差。没听过三个和尚没水喝的故事吗？而且，往好处想，你没有手足间的说三道四，有时，那比陪伴照护本身更磨人呢！

* * *

虽然摆出老大哥的口吻，但我的心里仍然是不安的。

过程中或许都有一些对彼此的不满，那只是技术性的瑕疵。最终，我们还是充当了彼此感情上的重要支柱。接下来的这一程，对父亲与我来说，都将是残酷人生中另一种的第一次。

真正的难与痛，对我而言，是在每当想到这个家有一天终于要走向结束时……

"所以要成家啊！"母亲在遗嘱中最后还在叮咛我。

但是，这不是很像一个不断拖延的自欺欺人的话吗？我很想跟母亲说。用另一个家遮盖住上一个家不可逆的颓圮，真可以让自己比较不那么痛吗？

我还想问母亲的是："你被迫提前离开，不痛吗？哥哥没赶上回来见你最后一面，你不痛吗？"

我只想好好走完这一场。

为亲情而痛，今生这一场聚散已足够。

* * *

想到父亲与我们两兄弟一起读母亲亲笔遗嘱的场面。

我哥突然说他要找律师，这份遗嘱不能算数，因为年份写错了。我和父亲都傻眼了，因为我们知道，那是母亲走前两周，最后握着笔一字一句写下后交给父亲保管的。夫妻一辈子所共同拥有的，最后还是交给另一半，在这件事上，我看到母亲的正直与理性，一生始终如一。

好好的一场送别被我哥搅乱了。

前年父亲开刀，他那时人在日本，飞过来探病时已经是手术后第三天，他一连嘟囔几回"这要是在美国，第二天就出院了"，我都没理他，说到第四还是第五回，我忍不住回他："这里不是美国！"他立刻变脸，说他为什么不能表达意见？我知道他在借题挑衅，没想到他继续加码，在病房走廊上用英文开始咒骂……

我一直都知道我得一个人面对。

如果真的能让我一个人面对就好，也许那并不是最坏的。

*　*　*

我承认是我的后知后觉。那次父亲出院后，哥哥没跟我商量就让那女人住进了家里，答应对方每个月付她薪水，一副长子当家的架势。

没过多久，有一天那女人拿出一张定存单，跟我说陪父亲去过银行，柜台办事员说，这张定存单曾被申报遗失又补办，之后就已经解约被领走了。

那些年，我哥每次回台湾都会带着父亲跑银行，说是帮爸爸理财，事后还会把父亲的存款数字报给我听，我人在花莲从不疑有他。但这张突然跑出来的定存单我从未听说过。父亲当时已糊涂，定存遗失一定是本人才能补办，除了我哥带他去过银行，还会有谁？

拨了电话问在美国的哥哥，知不知道这张存单的事。他很明白地承认，钱他领走了，是要拿这个钱付那个女人的薪水，以后就由他做这个汇款的工作，并且补上一句："老爸的钱就由我来管吧！"

但是随后我发现，老爸活期存款的钱一直在减少，才知道我哥办了网络密码，可以在网络银行随时提钱。问他要密码，他给了我一个错误的。我那时才有些懂了，不再跟他周旋，因为想起了他那时在医院飙脏话的情景。我明白，他就是期望我能跟他翻脸。

一来那是父亲的钱，二来单身的我一人饱、全家饱。我告诉自己犯不着为了钱的事跟他撕破脸。但我忽略的是，父亲当时可能已受到胁迫又不敢言。尔后，当第一时间发现那个女人也在盗领时，我将此事转知我哥，我永远记得他在电话那头停了一两秒，温吞吞地应了声："噢，有这种事？"

当时，我只觉得他的反应奇怪，却又说不出来怪在哪里。我以为他也会因父亲遭欺而震怒心急，毕竟父亲是我们两个人的，我也只能与他商量对策。我接下来决定开始清查，带着父亲去附近一家家银行询问：父亲可有开户？可不可以帮我打印出这一年来的账户活动明细？这时我才发现，有更多笔金额是以外币汇出的方式从户头领走了。

我在电话里一笔笔念出来，问我哥是不是他拿的。

他不说是，也没说不是，回我一句："你怀疑我？你怎么可以怀疑我呢？"

我的心凉了，没有再逼问，也无意再追究。钱是绝对要不回的了，就算他承认又如何？我心里已有数了。

我决定要把那个女人赶走，因为太多证据显示她在谋财害命。就在这个时候，哥哥来电告诉我，他被诊断出罹患了第三期的肿瘤。

我的胸前如同被电流重重一击，觉得这个家可能会散的预感开始加速启动。下一个念头是庆幸，庆幸自己之前没有跟他反目，否则我无法原谅自己。

但，还是有些事情，我一直过了很久仍不得其解。

为什么那张早已作废的定存单会出现在那个女人的手上？

为什么之前赶都赶不走的女人，在获知我哥罹患癌症之后，突然就退场了？

人生之苦，得不到是一种，

辛苦得到了却发现并非原来的想象，

那是另一种。

夏
暮

我 的 一 生 献 给 你 ，

才 知 幸 福 是 吵 吵 闹 闹

母亲不像月亮，像太阳

许多人大概都学过这首："母亲像月亮一样，照耀我家门窗……"这样的歌颂，早早在我们幼小的心中刻上了双亲角色的样板。

看看电视广告里，多少妈妈在用爱心照顾全家人的三餐就知道。更不用说，所有那些与家事相关的清洁用品。

我对夫妻间该如何分工没有意见，现代女性想再走回厨房，也是她们的自由。但在四十年前，作为一个非典型父母角色教养下的小孩，我仍记得，当时的我是如何充满了困惑与不安。

四十年前有个妈妈是职业妇女很稀奇，因为鲜少在学校里露面，同学都对她很好奇：你妈妈是什么样子的？

别的班的导师有次跟我说："我家跟你家十几年前是邻居呀！那时候只有你妈妈带着你哥哥。我女儿最喜欢偷看你妈妈每天早上出门上班了，你妈妈好漂亮……"

可是我妈完全没有做菜的天分。

她为我准备的便当经过学校蒸笼的加持后，一开盖铁定满眼黄烂。上了初中，终于有了福利社卖便当，我和她都松了一口气。这惹来了导师在班会上指桑骂槐："有位同学太浪费了，家里好好的饭菜不吃，中午都把钱花在福利社……"我心里想："你知道个屁，我妈做的事可多了，只是不会做便当而已，这又有什么要紧的？"

只因为自己的妈不是会替小孩做便当的家庭主妇，曾让年幼的我希望尽量回避这个话题，不得不说，这也是间接的性别暴力。

现在听到"妈妈的味道"这句话，我就想发笑。看别人的文章里提到母亲的饭菜，或是踏着裁缝车的身影，我会怀疑作者到底有没有用心观察过自己的母亲。那样的母亲形象太简省，成了一再被转贴的符号，让我想起嘲讽选美比赛的那个笑话：不管机智问答问什么，都扯上世界和平就对了。

只能说，要写出真实的母亲，其实不容易。

母亲癌症病重时，有一天突然用非常抱歉的口吻跟我说："这十年我的身体坏了，否则住的这个房子早就该换了。我没有力气再搞房子的事，你爸又完全不管，所以只好还是住在这所老房子里……"

没想到我妈在病中竟然还挂念着没有让家里的景况继续改善。

印象中平房换公寓，公寓换电梯，每回搬家都是我妈在打理张罗。二十世纪六十年代的几年中，感觉日子确实一天一天好起来了。转眼二十多年过去，从美国念书回来的我，看到这个家确实是破旧了，堆满了旧衣与旧家具，一副欲振乏力的样子，像极了我妈那时心力交瘁的状态。

卧病的她叹了口气，接着要我答应："这个老房子，我走了以后也不能卖！记得，这里是你的根！……"

在告别式过后某天，一位老邻居的女儿与我在电梯口遇见，说出了她对我母亲的怀念："我自己的妈妈没受过什么教育，所以我很喜欢跟你妈妈聊天。她好有智慧，了解我们这种家庭工作两头烧的困境……"

"噢，是吗？"我听了既是欢喜，同时也几乎忍不住眼泪夺眶。心想："如果妈妈有一个女儿就好了……"

但是在她身处的那个时代，生儿子还是很重要的。她很厉害，一生就是两个，一个不成家，一个不回家。

让母亲这辈子最骄傲却也最伤心受累的，结果都是同一件事。

一个外省家庭的由来

一般人对外省家庭的印象都脱不了眷村，但是我们家因为外公与父亲都曾留欧，又都在大学任教，眷村于我也是另一种文化。

母亲是独生女，在她十三岁那年，我的外祖母就出家了。外公再娶，母亲不见容于继母，连逃离家庭都是跟着自己的三叔一家，亲生父亲早就与继母先走了。十九岁就结了婚的母亲，有她的不得已。而父亲的老家因为是地主被斗，在北京念书的他知道不能回去了，一个人一路沿着杭州、广州跑到了基隆下船。想当年他也不过二十年少。

我成长的家庭无异于一座孤岛，父亲这边一个亲戚都没有，母亲那边只有几个堂兄弟。平日里只有我们一家四口自己过，没有亲友串门子，没有眷村的婆婆妈妈，过年过节会去外公家吃顿饭，如此而已。

来自北方的父亲与出生南方的母亲，起初在饮食习惯上一直不合，据说母亲第一次参加父亲的同学聚会，大家在下水饺，母亲却一个人吃着蛋炒饭，因为面食对南方人来说，只能当点心吃。

五十年后，又有什么南方、北方之分？每个家庭都是不同文化磨合的结果，到最后都有了自己的样貌与文化。

在台湾，双亲外省的家庭，也就只到我这一代为止，基本上快消失了。不少人对"外省"两字仍一直有种奇特的想象或误解，更不乏有人把家庭情感认同与政治认同混为一谈的。

外省的家庭无论怎么说都是残破的，不是少了外公或外婆，就是没见过爷爷奶奶。老家的故事，也不是每个父母都爱说，因为不想把自己的遗憾、内疚、恐惧、悲伤传给下一代。

我们不敢多问，但也无可避免地，一点一滴将那些不可说的破碎，内化成了自己的一部分。

* * *

某年的春节前后，晚上无意间转台看到郑、于两位主持人的谈话性节目，聊的无非是应景的过年习俗。听到了于姓女主持人说到小时候在家里，过年前妈妈总要忙着蒸馒头，相信节目中其他来宾都跟电视机前的我一样感到意外：大概之前很少有人知道，她的父亲是外省北方人。

过年的时候要蒸一个特大的馒头，用来祭拜，不能吃的，她说，这是她父亲老家山东的规矩。

男主持人接下来的发问想必让她傻眼：爸爸过世之后，你妈妈还是照样做吗？那言下之意，仿佛北方馒头是一种来自不同地域的文化冲突，本省籍的母亲终于可以摆脱了。

女主持人顿了一下，正色起来：当然，那是维系住我们那个家的传统啊！

看到这一段，我不知该对男主持人的无知生气，还是觉得可笑就好。

家之所以为家，就是因为那些跟随着父母长辈过日子的痕迹刻纹。女主持人的母亲虽然是本省人，但是半辈子之后，大馒头也就成了他们那个家过年的象征，无关夫家还是娘家，本省还是外省。

所谓的外省家庭，如果要我形容，就是一群很早没了爹妈的半大孩子，摸索着成长，就地取材弄出了一个家的样子，在战后学习遗忘，学习重生，然后凋零。他们留给台湾的，又岂止是牛肉面与馒头而已？

父亲几年前接了家族里唯一还在世的二弟来台湾小住，从相见到日后的通信，我听到的都是二叔对父亲当年离家恶毒的指责。那些连我都看不下去的信，让我体会到那份活下来的沉重，无论是对父亲还是二叔来说。

原来，那是一个永远的伤口。

他们是怎样长大的？

我喊外婆的人不是母亲的生母，对母亲很不好。那时母亲才十七岁，刚来到台湾就染上肺结核，立刻被丢进了疗养院。病愈后也不让回家，最后竟是由外公的好友接去他们家照顾。之后这位世交也帮十八岁的母亲安排了工作，在桃园的一所农校当职员。

母亲在那里遇见了教美术的父亲。

早年的故事，他们从来都是点到为止。父亲说得更少，我仅知道的一些，大多还是经由母亲的转述。

"你爷爷三十几岁就过世了。"母亲说。

"你父亲十四五岁就被送到东北的亲戚家。你爷爷不太喜欢他。跟你父亲刚结婚的时候，他常常做噩梦。你父亲从小很顽皮。你父亲……"

父亲亲口告诉我的故事不多，最常讲的只有这两件。一件是老家有一年遭土匪，土匪绑走了我的曾祖父，家里得卖地筹赎金，那是非常惨淡且令人心惊肉跳的记忆。另一件是，喜欢画画的他，后来随我当中医的曾祖父去了北京，看到北平艺专在招生很心动，但考试项目中有素描这一项就伤脑筋了，因为在那之前，他只学过国画，从没拿过炭笔。只好拜托管理员帮他开了素描教室的门，他才第一次见识到炭笔素描是什么。

美术的天分，加上那天下午用眼睛恶补，父亲果然就考上了，成了徐悲鸿的学生。少年时没有父亲的疼爱，他终于找到了绘画，有了归属。（你父亲那时候在艺专念书，每天还是要给爷爷做饭——母亲的幕后旁白出现。）1937年北平沦陷后，父亲逃至杭州，收到一封徐悲鸿恩师的来信，他一直保存至今。

婚后第四年，父亲考上了公费留学。而像小孤女一样的母亲，在娘家回不去、丈夫在外地、还带着一个稚龄儿子（我哥）的那些年，不仅完成了台大商学系的学位，而且进入了刚成立的台塑公司，半工半读，成为一个独立的现代女性。懂事之后的我无法想象，若是把我丢到当年他们的处境中，我该怎么办？

父母都是凭着努力与决心，一手改变了自己命运的人，所以他们对我的教育方式采取不加干涉，但凡事自己要负起全责的严格态度。要念文学，可以，未来自己要想办法填饱肚子。父亲自己是搞艺术的，而母亲在职场忙碌之余，也不忘情小说创作。但是他们从不曾对我说过像是"那你就安心写，不用担心工作"之类的话。

战乱的忧患意识造就了他们，而我不知算是听话还是叛逆，觉得你们做得到，我也可以。大学刚毕业那几年，我又上班、又写稿、又兼补习班教英文，很拼。这样的家庭教育，我感觉终生受用。倒是我哥，到了五十岁仍会埋怨，父母没有给他更多的支持与栽培。

然而，两个都算优秀的人，放在一起成了家，却成了彼此这一生的痛。

但他们一定曾经是相爱的吧？

不然，父亲怎会把不轻易说出口的童年悲伤，悄悄告诉了母亲？难道不是因为她是他最相信的人？嫁给一个穷艺术家，那更是需要勇气。她一定也相信过，这个男人会有出息的吧！

日后明知个性上有太多的不和，但他们还是坚持到了白头。

究竟该为他们这样的毅力庆幸，还是难过？这也成为我这一生无解的痛。

*　*　*

我高中就读师大附中，那也曾是父亲在台北第一份教书工作的所在。

记得新生训练那天，大家在操场上一班班排好队，等着班导来认领。一个满口四川乡音的女老师走到了我们队伍前，我心想不会这么巧吧？结果三十年前，父亲住在学校宿舍时的隔壁邻居，三十年后果然成了我高一的班导。教数学的胡群英老师，早在我考上附中之前，就从父母的附中回忆中听熟了。胡老师那时自己刚流产，所以每次经过，看到刚满周岁的哥哥就要用四川话说一句："迪迪，你漂亮噢！"

一排教员宿舍里住的都是像我父母一样，来台准备重新落地生根的小家庭。大家都一样的年轻，一样的穷，但那几年的生活，却是少数让我的父母还能出现笑容的回忆。

那时候到了月底，每天只能跟酱菜推车小贩买五毛钱花生米跟腌菜，想多买都没钱。月初发薪了，整排宿舍一定会听见教语文的陈老师放大了嗓门喊孩子回家："妞妞吃饭了，有红烧肉啊！"——就是要让大家都听见呢！

还有金老师，他们是镶黄旗的清朝贵族，什么也没带出来，却有一条宫廷用的绣褥。到了月底，金老师实在馋得受不了，就把被子拿去当了，换钱买肉吃，月初发薪再赎回来。就这样，这条被子在当铺进进出出不知多少年！

不知是否因为父母的"附中年代"里还没有我，我对他们的这段回忆特别感兴趣。这批苦哈哈的年轻人，曾经都是大江南北各大学的高才生，一场战乱把他们聚在了一块儿，帮着彼此追女友，看着彼此成家与第一个孩子出生，也彼此鼓舞上进。

父亲和那时教音乐的史惟亮叔叔感情好，一起考上了公费留欧，一起出去深造。"没想到他这一生唯一广为流传的作品，就是附中校歌。"母亲在哀叹史惟亮老师的早逝时，总会打趣一句，好冲淡悲伤。

母亲一开始也在学校图书馆里上班，没多久就让校长给"劝退"了。"因为你妈妈太漂亮了，才二十不到，那些高中男生也不过十七八岁，每到下课就把图书馆挤得水泄不通，校长一看，这可不行！"父亲说。

而那些男生里，有后来也成为我台大外文系老师的小说家王文兴。刚开始写作的那位早熟小男生，经常会到宿舍里找父亲聊天。四五坪大的小房间人来人往从不觉拥挤，母亲的堂哥还曾搬来此处避难。琼瑶处女作《窗外》的男主角康南就是我这位大舅。那时还叫陈喆的高二女生，只能偷偷来附中宿舍找因师生恋被解雇的大舅。总是带着稿子来，《窗外》已经开始动笔了，她写一段，大舅帮她改一段。

前后仅那四五年，属于我父母的那场青春，就随着父亲留学而结束了。王文兴老师即将赴美留学前，还特别回到这里辞行。而随着陈喆成为琼瑶，大舅酗酒、潦倒过世，这段凄惨甚于凄美的往事也不堪再提。

是冥冥中的安排，让我走上了写作这条路吗？

虽然我要十年后才会出生，我却一直有种幻觉，父母的附中年代里，我其实也曾在场的。

附中三年，我走遍校园里每个角落，仿佛能看见父亲骑着脚踏车，母亲牵着哥哥的身影随处浮现。

如果他们就一直没离开过，像胡老师一样在附中做到退休，我又会有怎样不同的人生呢？

* * *

母亲十九岁时怀了我哥，住在师大附中的宿舍，等待生产的日子里常借阅图书馆里的小说打发时间，算是她与文学结缘的开始。

那时香港有一个非常有名的杂志叫《祖国》正举办小说征文比赛（那时还不叫文学奖），学校老师里不乏北大、清华的高才生，对于创作人人都有一点梦想，带着一点自负，看到消息后每个人都开始摩拳擦掌。年纪最小的母亲也跟着大家凑热闹，投了一篇小说参赛。

结果跌破大家眼镜，母亲的初生牛犊之作竟被评为佳作，其他那些高才生们则全军覆没。（台湾的得奖人好像并不多，印象中有彭歌。）奖金让奶粉钱有了着落，这也许是让当时的母亲最开心的事。

之后，母亲带着我哥半工半读，从台大毕业后扛起生活的担子，然后又是我的出世，里外忙个不停……母亲再重新提笔写作，已经是相隔十七年后了。

她投稿到台湾知名日报副刊，三天后就收到主编孙如陵先生来信，期望她能继续寄稿。念小学一年级的我，对母亲那年连续发表了七八篇作品印象深刻，因为每当文章刊出的那一日，家里的气氛就不一样了，好像有种神秘的好运，藏在大家的微笑里。那之后没多久，母亲便出版了她的第一本书。

然后她又停笔了。

我当时年纪还太小，不懂得她每次的停笔与重新摊开稿纸，这中间有多少难言的心情流转与起伏。

母亲的写作没有接受过任何的后天训练，好像只要她想写，就一定会得到一些肯定，大概就是属于天生的那种。等到我上了大学开始接触文学理论，对于像她这种直觉式的创作者，老实说有点不以为然，认为写小说必定有一些原理或窍门，结果一度搞得自己神经紧张。

苦闷与对自我的怀疑看在母亲眼里，她的反应竟然是："有那么困难吗？不就是写好了然后投出去吗？"

"这简直是火上加油。"我心里暗想，"那你为什么不写？"

奇怪的是，我也一直没想去了解母亲为什么没有再写。作家与艺术家们大概都很自私，只会先想到自己。

* * *

从职场退下，她才又开始涂涂写写，也会去投一些文学奖，虽然没有名列前茅，但还是每投必中。这让当年总在钻研创作技巧与理论的我，有种哭笑不得的感觉，只好称她这种是素人的好运来自我安慰，甚至不曾正经来好好读一读她的作品。

等到我开始出书时，母亲那时身体已大不如前。我赴美念书的第三年，母亲又有一本短篇小说将结集出书了。这回她以一个业余写作者的客气口吻，对她看似比较"专业"的儿子说："可不可以帮我'看一下'？"

我帮母亲的这本新书写序，并不是因为她是我的母亲，而是我震惊地发现，以前我以为她只是天生会说故事，没想到她的"技巧"是我学不来的。

那是一种像蚌壳吞了沙，却能痛苦又温柔地将那粒沙孕成珍珠的绝技。生命中历经的苦，在她的小说中都成了理解与宽容后一种淡淡的嘲讽，没有自溺或自怜。她是怎么做到的？

结果换成了我小说停笔十年，因为一直没有准备好，哪一天自己也能像她一样，把现实勇敢地磨成一粒粒沙，再一粒粒吞回去。

母亲过世前两年，我才终于问了她那个问题："你都没有想过要成为一个知名作家吗？"

"当然有啊，"母亲给我的回答是，"可是我们那个年代不像你们，婚姻里是容不下一个女作家的。你看谁谁谁，还有某某某，他们的家庭后来都完了。而且有你爸搞艺术就够了，两个人都创作，谁来顾家呢？"

失去的预感

　　母亲罹癌末期，病势发展迅速，如快放影片。每周还是得回花莲教书的我，来来去去间有一种错觉，病魔都是趁我不在时偷偷攻城略地，一进家门才知，上周的防线又再次失守了。

　　那天回到家，第一眼看见母亲在自己倒水喝的背影。化疗后头发掉光，那颗干核桃似的脑袋用头巾包着，几天前还能缓步行走的她，此时得以手扶墙才不会摔倒。等她回过脸，我着实被眼前的景象吓了一跳。

　　一个人的生命怎会在短短几天之内，如一杯水被倒去大半？生命之有限原来不过就一个手掌的份，一下子就握不住了，就这样全流光了。她的憔悴与不堪折磨的悲伤，全写在那张枯黄瘦削的脸上。那当下我整个心冷了。我恍惚明白半年来的抗癌艰辛都将付诸流水，我即将要失去母亲了。

"爸呢？"

"去台中开会。"

"这时候还跑去开什么会？！"

但正如我还是要去花莲上那个什么课，活着的人都只是低着头默默在推磨的一只牲口。就像福克纳小说《我弥留之际》（As I Lay Dying）中，两兄弟在母亲临终前仍得接下运木的差事。但那位母亲至少还有其他子女在侧，甚至还可指定哪个儿子为她制棺，敲敲打打的声音近在窗前，就是死神的鼓声频催了。多年后我才惊觉福克纳的小说何等逼真，在当时我确是听到了死神的脚步声，脑中却一片空白，不知道我该做什么，还能做什么。

结果接近不惑之年的我，只能又做回了母亲的小儿子，对她说："我好害怕。"

母亲听见我的话，很平静地回答："别怕。我十三岁就没有母亲了，你都三十好几了。"

然后就尽在不言中了。

一直到她过世前，我们都没有再提过跟死亡有关，或有任何暗示联想的字词。

*   *   *

母亲十三岁那年失去了她的母亲，不是因为死亡，而是外祖母突然就决定出家了。当年家大业大的外公，只有母亲这个独生女，在多年后好不容易才得一子，却在抗战胜利后家乡欢庆的筵席上，幼子吃了不洁的东西，得了急病过世。外祖母丧子后就变得有点疯疯癫癫的，没有精神医学的年代，只好请了尼姑、和尚来家里成天念经。

母亲的童年至为寂寞，堂兄弟姐妹非但不能相伴，反而每个人都忌妒又带着恶毒地看着这个小女孩有一天要继承大笔家业，有种虎视眈眈的不怀好意。然后小女孩的母亲就走了，抛下了一切，在碧云寺内剃了度。小女孩的父亲也并不劝回，自己很快又再娶了。

这个世界的残酷与荒谬，十三岁的母亲被迫提早认清了，不是每个父母都一定疼爱骨肉，或者说，女儿在那个年代是不值得被疼爱的。

到了台湾后，什么家业都没了，只有新进门的后母对她极尽苛虐，要她签下共同生活条款：煮饭、洗衣、打扫等种种家事都要同意外，还外加绝不可与后母顶嘴等羞辱人的列项，完全不顾母亲那时还患了肺结核。母亲并非不能吃苦的人，是那种对她的羞辱难以吞忍；更苦的是，曾经心目中偶像般的父亲完全变了一个人，加入后母对她的挑剔与冷言相向中……

"妈，我们来给菩萨上个香，请她保佑你，好不好？"

因为外祖母的缘故，家中也供奉了观音佛像，但我们并不像那些初一、十五吃素的虔诚佛教徒，按时顶礼膜拜。菩萨在我们家，感觉比较像家庭成员的一分子。

安静的黄昏客厅里，母子两人各自对菩萨说出了心底的祈祷。没几日后，母亲便只能卧床，再起不了身。

母亲叫我不要怕，我却忘了问她，那你怕不怕？

* * *

母亲罹癌两次，中间相隔二十年。两个不同的部位，再怎么说已经隔了这么久，我很难相信是复发。但医生说也有可能。

第一次，母亲检验报告出炉也正好是我大学联考发榜。虽考上了第一志愿，但只高兴了一周，而且当时并不知，连我整个大学四年都将笼罩在母亲之后病况不断的阴影中。

人生之苦，得不到是一种，辛苦得到了却发现并非原来的想象，那是另一种。在"杜鹃花城"[①]的岁月，我没有过黄金年华的心情，时常在一种恍惚的状态，心里总记挂着，我们这个家接下来怎么办？

手术切除肿瘤后，母亲开始一路暴瘦。病前略显富态的她，体重从五十五公斤掉到了三十七公斤，手腕细得像根茄子，臀部无肉到不能久坐。遍查原因不明，一说有可能是医师开给她口服化疗剂时"忘了"开胃药，把消化系统搞坏了。

家里就三个人，父亲在忙，所以下了课我就得往家里赶。一开始同学也许觉得我这人很不合群，从不参加系里活动，焉知我没那个时间和心情。唯一让我能暂时忘忧的只有戏剧公演，扮演另外一个人。

都说癌症跟心情息息相关。

母亲生病的前一年得到一个文学奖，奖品中包含美国往返机票一张。虽然我哥并没有开口邀她，但母亲或许希望之前彼此的心

---

① "杜鹃花城"，指台湾大学。

结能化解，兴冲冲地说要去看他。结果我哥的回答是：他很忙，要来她自己来，他没空去接机；来了之后他要上班，也不可能陪她，没有一点欢迎之意。母亲把那张来回机票卖了。她在世之年也从未听我哥开口说要接她去玩。

至于我哥在美国三十多年，带着全家妻小回台湾来看父母也只有那两次：一次是因为他办绿卡出了问题，被迫得先走；而另一次就是母亲的告别式了。那年他被迫回台，虚弱的母亲一看见他立刻伸臂拥抱。为什么母亲能原谅他？这也许只有做父母的人才懂吧！

当时绿卡办得并不顺利，我哥在家里住了半个月，最后仍然只是挥挥衣袖，又走了。看见他喂女儿吃一种稀泥似的瓶装婴儿食品，倒是给了我一个点子：那是不是也可以给吸收不良的母亲食用？

果然这个想法是对的。之后三四年，我每个周末都得上台北百货公司的超市，搬回一堆在三十年前还很少见的进口婴儿食品。

但暴瘦还只是母亲病况的开端。

她开始夜夜不能睡，半夜会哭闹，还不时想寻死跳楼。三十年前还没有抑郁症的常识，对妇女更年期也没有像现在这么注意，我只能长夜陪着她耗。直到有一天，我跟父亲说也许应该带母亲去看精神科。此话一出就是不孝，精神科三个字在当年仍是禁忌。但事后证明我是对的，母亲不是神经病，她只是抑郁加躁郁。

母亲的体重总算在三十九公斤时稳住了，助眠镇定与抗抑郁的药却从此没能停。这个过程中我也承受了极大的压力，造成了早发性秃头。等到母亲病况稳定，我的前额秃竟也不药而愈，又冒生了新发。

陪伴母亲第一次抗癌成功，却没能在二十年后有第二次的幸运。

在那通电话中，她告诉我子宫里长了东西。当时我人在花莲，回她说如果是零期，那及早治疗也好——显然医师误诊了。

为何没有提醒她再多听另一个医生的意见？这让我每次想到都懊恨不已。

婚姻的伤感

小学毕业快四十年，去年第一次参加了同学会。听他们聊起往事，有好多我竟全然不知。"你一天到晚在请病假，当然错过很多啦！"甲同学说。

"而且我那时候就奇怪，不来上课怎么还是考第一？"乙同学接着道。"因为我在生病的时候还是会写作业啦！"我说。当着同桌和级任导师的面，我怎好解释，我其实没那么爱读书，只是因为……

因为身体不好，没法跟其他小朋友疯玩。因为很早就发现，把书读好就是我的保护伞，躲进伞下我就可以不被家里无预警的高低气压笼罩。

同学会后，三十多年没见的级任导师发来短信，问我遇到了什么困难，为何看起来心事重重？自以为与大家谈笑正常，没想到被父亲的那个女人烦到不行的郁闷还是被看出来了。约了去拜访老师，饭后散步闲聊，我竟然脱口说出了压放在心里四十年的一句话："老师，我从小就不是一个快乐的人。"

　　老师说她知道。她那时候就看得出来。虽然我一直是那个品学兼优，总被大家夸奖的孩子。

　　"有一次，我们跟隔壁班的洪老师吃饭，不知怎么讲到了婚姻这件事，你突然很认真地说，婚姻真的很无聊，为什么不一开始就把所有的责任、义务、权利都写清楚，像契约那样不就好了？我当时就吓了一跳。五年级的小孩子怎么会说出这样的话？"老师说，"然后我开始注意到，你是会把很多心事藏起来的小孩。"

　　虽记不得那个场合，但我相信我说过，因为的确是我的想法。原来我在小学的时候就很有自己的看法了。

＊　＊　＊

　　父母亲是自由恋爱的，从众多追求者中母亲挑选了父亲，婚后才发现两人对婚姻的观念完全不同。夫妻中不需要哪一方有重大恶习，只要有一方不停地付出，而另一方认定何必多做，反正有人甘愿付出，这个家就永无宁日。

小时候不懂母亲性格暴烈是为了什么，直到她老病后，再也没有那种像驯兽一样的精力盯紧父亲，我才看懂，母亲对父亲一直仍有期待，以为至少走到晚年可以老来为伴。对已无法再像以前那样一肩挑的母亲，父亲却开始出现了淡然与疏远。

最后的母亲节，不过是为了件小事，那天父亲却失控对母亲发飙。

没人说照顾癌症末期病人是容易的事，但父亲难道看不出来，母亲那时已经衰弱得连脖子都挺不直了，眼看来日无多，忍一忍会要他的命吗？

离家十载归来，我早就注意到父亲在家里总爱对着母亲吼叫。

那天，在一旁的我也放弃了阻斥父亲这样任性又可悲的行为，就让他吼个够。看着母亲的头低垂胸前，无力抬高，面对父亲的咆哮，只能无语斜瞪。那眼神是怒是怨？是悲是憎？太复杂了，至今我仍无法忘怀，亦无答案。

虽知她腹腔积水严重，我还是强忍住悲伤，准备了一个蛋糕祝她母亲节快乐。母亲虚弱地看了一眼后轻声道："蛋糕不是圆的。"

之前只想着要挑松软好入口的，竟没注意蛋糕是方形的。一个圆形蛋糕，竟成了她生前最后的愿望。重买来的蛋糕，她只吃了一口，隔日便又住进了医院，昏迷四天后辞世。

* * *

在医院守了四天后再回到家时，已经深夜快凌晨了。

才短短四天前，只切下一小块的蛋糕还完好地在冰箱里。但一切都不同了。与父亲在没了母亲的屋里，既疏远又亲近。以后就只有我们俩的日子，许多都得放下，更多的则得重新拾起。

擦干眼泪，第一件要做的事情，便是挑一张告别式用的遗照。摊了一桌子的相片，我忍不住最先拿起的，是父母五十年前的那张结婚照。

照片中的母亲大方甜美地笑着。听母亲说过，那时候很穷，借钱拍的结婚照，想多拍一张都不行。

追求母亲的人非常多，这是亲友间皆知的。母亲来台前在澳门读了一年大学，还有广东仔追到台湾来。母亲也说过，那个心碎的男生临走时曾诅咒她，说她这一辈子都不会幸福，因为她不会遇见一个比他对她更好的男人。

说起这事，母亲都要轻叹一声。

母亲来台后没有上学，患了肺病，先是住在疗养院，出院后因后母不容，被送到桃园一所农校当职员，在那儿认识了父亲。后母还是不甘心，觉得干脆把她嫁掉才算彻底扫地出门，于是强迫母亲嫁给一个大她二十多岁的男人当续弦。母亲无处可逃，求助当时已来到台北任教职的父亲，帮她租屋暂避风头。外公大发雷霆："你还有脸回来！"因为话传到他耳里，成了母亲跟人同居了……

父亲前往欧洲留学前，只留下了一点卖画的钱当家用。"那时母亲觉得他会去多久？"我问自己，"一年还是两年？"用我们这一代自认理性文明的看法，才五年的婚姻基础，足以支撑两年以上的分隔两地吗？

家中老相簿中还有亲友为父亲机场送行的留影。没钱买全程机票，只好先飞到香港再改搭轮船。母亲那日涂了当年时髦的深色口红，一点也看不出来其实心事重重。

聪明、美丽又好强的母亲，从不懂得装痴装萌的"没有，不知，不会"的万能三招。虽被后母逐出家门，但大概自觉比起只身来台的父亲，她总还有些远房亲友。加上外祖父在湖南任过官职，尚有些关系可托，所以更早些时，生第一胎没有奶粉钱，也是靠母亲托人买画解决了问题。

据母亲多年后的回忆，当时确曾闪过父亲可能会一去不回的担心。没想到他果然就滞留不归：

在心里藏了半辈子的许多话，第一次跟我叙述原委，竟是在她发现二次罹癌的三个月前，仿佛是有什么预感似的。

我知道母亲还有其他许多的心事，却再没有机会对我说出口了。

*　*　*

我把挑出的一张在纽约拍的生活照拿给父亲过目。

"嗯，就用这张吧！"他说。

那一刻不知为何，我想到了母亲在病床上曾对父亲说过的话："还好病的是我。如果是你病倒，我瘦得一把骨头，怎么可能照顾你？"

直到那时，我才突然像是懂了什么，却也更加困惑了：母亲还是爱着父亲的？！

母亲过世后我才第一次听到《家后》这首歌。不是江蕙的版本，而是黄小琥的翻唱。MV 中用了许多平凡夫妻的结婚照，泛黄古早的年代，影中人表情多半拘谨，但眼里都闪着对未来人生期盼的笑意。"我的一生献给你家，才知幸福是吵吵闹闹……"

当这两句歌词出现，泪水立刻模糊了我的视线。

幸福吗？

但，倘若我不这么相信，母亲这一生又有什么呢？

* * *

想起了那年夏天，他们来纽约看我。

母亲向我告状，父亲在外面跟谁谁谁有不清不楚的关系。面对体弱多病十多年的母亲与身体仍壮的父亲，我知道母亲这场仗是打不赢的了。

婚姻究竟能保障什么呢？母亲的问题就是她太能干了。早年她还是个不可忽视的对手，大吵起来也算是河东狮，真要离婚的话父亲也会受伤。但是自母亲体衰之后，她从干练时髦的新女性，变成了一个每天忙着家事，渐渐没了声音的主妇。我想不起来上一次看见父母亲牵手是什么时候了，在街上总是一前一后各走各的，更别说拥抱或搀扶。这样的婚姻其实并不少，是责任与义务让两人继续在孩子面前扮演父母角色。

我不相信爱一定要说出口，但生活中有太多可以表达感情的方式。母亲不断地抱怨，难道也是一种感情的表达？是用错了方式，还是因为错误的期待，所以她才一直有求之不可得的愤怨？

我实在忍不住了，打断了母亲的数落："你自己不知道吗？爸已经对你没有感情了。"

母亲一下子全无了声音。看着她怔怔欲泪的眼神，我吓到了，好像她的一个秘密被我揭发了似的。

我很后悔，其实有些话还是藏起来比较好。

生死发肤

我跟母亲说要去帮她买假发。

那时化疗第一个疗程刚结束，母亲的头发一撮撮、一把把地开始掉落，家里俯拾皆是。母亲的发质粗而卷，不是柔细如丝的那种，所以分量看起来格外惊心。

她的左肩上有一块突起，那是为了化疗而放置的人工血管。从那里打进去被护理师昵称为"小红莓"的暗红化学液体，以毒攻毒的惨烈厮杀开始在母亲的体内展开。只因看不到节节败退的残破细胞，只看得到肉身表层的掉发，卑微的希望才得以苟延残喘。

决定是否要化疗前，医生对母亲说："叫你儿子来一趟。"

医生选择将情形对我，而不是对母亲或父亲解释。老实说，我当时就有了很不好的预感。医生的意思是，母亲当时还不到七十，也许不该放弃化疗，要我考虑看看。没法在医生的办公室里做决定，还是把话重复给母亲。家里的大事总是她在决定的，不是吗？

之前在和信医院，那位肿瘤科女医师竟然在拒绝治疗之后，直接说已经没救了啦，可以准备准备了，完全不管母亲就躺在布帘之后，听得一清二楚。离开医院前，母亲走到服务处柜台丢下一句："你们医院何不注明'只收初期癌症病患'？"

母亲说："那就化疗吧！"

迎战的紧绷气氛，让我忘了她当时可能经历的恐惧。有医生朋友事后告诉我，有时明知可能无效，但他们还是会给病人一个治疗进行中的希望。在死亡的轮盘还没停止转动前，多数人都不愿放弃，决定赌上最后一把。

问她有没有想要什么特别式样的假发？她只说，只要不是真人的头发就好，来路不明的真发会让她害怕。

那年头还没有网络搜索引擎，并不知哪儿才有假发专卖店，只好满街无头苍蝇似的乱问。岂料，最后竟然在忠孝东路上，一栋经常走过却从没多瞧过一眼的旧乱商城里，发现了假发店的大本营。

挑了两顶跟母亲平常发型相似的假发，她很满意。假发问题解决了，但固定发型的人头模座却更费周章，最后是在一间旧式家庭美容院才看到那种保丽龙制品，央求店家半天才肯卖我。

要不是掉发我还不会发现，一直都染发的母亲，其实早已满头全白了。我安慰母亲说："新发很快会再生的。"

起初精神尚佳时她还会说："假发很方便呢，以后病好了也可以继续戴。"三个月后，当那软绒如胎毛的新发如一片薄薄白雪覆盖，化疗已证实完全无效了。无助的我回想起寻发的过程，一如寻庙的朝拜者，竟妄想着一顶能让母亲不显病容的假发，就可以欺瞒过死神的巡逻。

我跟母亲说："我来帮你洗头吧！"

那时母亲已经很虚弱了，我一手托住她的头，一手小心地为那一片后来再也没机会多长几寸的细发抹上洗发乳，轻轻地搓摩，用海绵吸了水慢慢浇淋。母亲驯顺地不发一语，那一刻她成了我的婴孩。我隐隐知道，距离我们道别的时候已经不远了。

洗好头为母亲拭干时，她只说了一句："嗯，洗个头舒服多了。"

母亲入棺时我帮她戴上了其中一顶假发，另一顶就被我收着了。

告别式后，我哥嫌弃地瞄着那个保丽龙人头说："丢了吧，看起来怪恐怖的。""自己的母亲有啥恐怖的？"我心想。这反让我决定要继续保存。

对于始终不在病榻前的他来说，也许那顶假发不过是件怪异的遗物。但对我来说，那却是母亲最后的侧影。

妈妈，我在湖南了

　　小时候的印象里，湖南从来不像是一个地方，它的存在只能用方言口音来辨识。父亲来自北方，只身来台，母亲则是湖南零陵县（现为湖南省永州市零陵区）人。来台的亲戚较多，每年三节（春节、端午节、中秋节）的亲友聚会，一屋子的湖南话，好像这种口音到了哪里，哪里就成了湖南。

　　母亲普通话其实说得很好，所以每次听她变换声道讲起家乡方言，总觉得又有趣又神秘，仿佛母亲有另外一个我不认得的身份。

　　年纪越大就越能了解，那也的确是真的。

那个在家乡时的千金大小姐，和来台后被继母欺虐、身世飘零的母亲，她们早就属于不同的世界，只有跟亲友讲起家乡话时，她看起来会比说着普通话时多了一份自信与小女儿家的娇憨。而那口湖南话在我听起来，还真是土。

一直只能听懂个七八分，更不用说把"妈妈的话"学起来。过去二十年台湾的中小学教育里多了"母语课"，好在这些教改中，"有识之士"只把客家、闽南与当地方言列入课程，否则外省方言五湖四海，母语课怎么开得完？

虽然不会说湖南话，但听多了也慢慢开始能分辨，零陵的口音跟长沙的口音也是不一样的。记得小时候，母亲经常拿自己的口音开玩笑，模仿起念中学时上英文课，老师用的是湖南话念ABCDEFG，发音成了："欸鼻稀迪义阿府直。"每次母亲说完自己都一定先爆笑。

母亲死后，我的世界里就再也听不到湖南话了。

所谓当年的那些亲友，都是远房堂表叔婶，母亲自己并没有血亲的手足。在刚到台湾的那些年，能重新团聚的他们，管他究竟是不是一表三千里，都成了一家亲。而随着重新落地生根后，有了自己新的娘家或岳家，这些联系也就慢慢淡了。淡到我都开始忘记，我是从小听着湖南话长大的。

＊　＊　＊

身体里流着一半湖南人的血，却是到了五十岁这年，我才终于第一次踏上湖南这块土地。

二〇一四年夏末初秋，与一群作家到了湖南参访。一落地，我赶紧找来一份大地图，寻找零陵县与所在位置相隔多远。虽然行程上没有这一站，我心里总想着，如果只是一两个小时车程之隔的话，也许途中可以脱队。我也不知想要走一趟零陵的目的为何，那里早没有母亲的亲人了，就好像是代母亲去走这一趟吧！

但是我在地图上找不到零陵县这个地方。

我只能看见一个新的大行政区叫永州，《永州八记》。小时候母亲就告诉过我，那就是在他们零陵县。但是如今零陵县的地名却消失了，我依母亲曾提起过的家乡附近的城镇名索查，距离母亲家乡最近可寻的地点，大概就是白水滩。

虽然因此打消了脱队的念头，但随着旅行团的路线越向南行，我的心情越是止不住地波动起来。因为虽然看不见零陵，但是却开始听见跟记忆中母亲相似的口音；距离永州越近，听到的频率就越增。我的听觉中有一块曾退化的档案又被重新启动。我在心里跟自己说："哪里有零陵话，哪里就是母亲的老家。"其实这样的想法一直都是对的……

一回饭局过后，在餐厅外抽烟时我听到身旁的老兄在讲电话，心里一震。听了好几天湖南话，这人的口音才是最接近母亲的，绝对是母亲老家附近的人。他那口标准的零陵话立刻将我带回到童年家族聚会的记忆……

"您是白水滩那儿的人吧？"等对方挂上电话，我问道。

他带了点惊讶，怎么有位说着标准台胞式普通话的游客能听出他打哪儿来。

我笑了。没错，我真的是半个湖南人。

摇到外婆桥

　　小时候，家中定期都会收到一封航空信，邮票是英国女皇头，地址是"窝打老道"××号。多么好笑的街名啊，小时候对那几个字望文生义，心想一定是有一群老人窝在那里。直到一九九四年第一次去香港我才恍然大悟，原来是粤语发音的 Waterloo Road，滑铁卢道。

　　那些信是托人代转的。

　　许多外省家庭一定都收过这种信。好不容易打听到了亲人下落，就托人在第三地帮忙转信。外公的这位学生也真是有情有义，这个忙一帮就是三十年。

"老师父来信了。"母亲都会这么说。

对出家的母亲只能称"师父"，这是一种什么心情。

＊　＊　＊

在电视上看到恒述法师说起她母亲来佛寺探视她修行，她恭敬问候"施主好"，结果她的母亲立刻回呛："少来这套，我就是你妈！"我们这位恒述法师之后自问：放母弃子就叫作六根清净？未免自欺欺人，所以后来她也会回家陪母亲打个小麻将。我看到这段就笑了，但是笑中带了点心酸。

连入了佛门都可以转身回去承欢膝下，但是我的母亲已经不在了。而分隔我母亲与她母亲的，却是历史的宿命。

话说外婆那年跑去出家了，外公当时认为外婆一向骄纵，肯定吃不了苦，闹个几日就会还俗。那个时代重男轻女，外婆舍得下母亲并不奇怪。外公没等到妻子还俗就立刻再娶，说是希望能有儿子传香火，这也不算奇怪。奇怪的是，隔年来台，出家的妻子被丢在了家乡，这一点颇让我震惊。

出家的是外婆，但真正断舍离做到六根清净的反而是外公。哎呀，会不会是外婆中了外公的圈套？

所以我也不知我们家到底算不算佛教徒，供着菩萨却没有照佛教的仪式参拜。也许那只是一种母亲对外婆的思念，佛在我们家走的是人性化路线。

摇啊摇，摇到外婆桥。

小时候不懂，以为外婆桥在一个叫窝打老道的地方。

* * *

外公两袖清风到了台湾，一直在台大教书到退休。他的一口湖南话很难懂，但是留英的他仍能用带有浓重口音的英语与外国人对答如流。我记得的他总是一身蓝色长袍，拄着拐杖。也许是因为我出生时他已经很老了，我们不曾单独有过什么交谈互动。难得有一回，他叫我陪他到后院的荷花池，动手摘下一枝莲蓬，剥出了里头的莲子塞进我手中，那是我第一次尝到现摘的莲子的味道。

外公丢下发妻，把母亲赶出家门，却仍没如愿得子。领养了一个男孩，只比我哥大两三岁，我们喊他小舅。

小舅是领养的这件事，一直瞒着老师父。所以她一直以为她的出家，到底换得了外公有后，这个善意的谎言始终让我觉得残忍。

虽然已是出家人，但我的外婆显然不曾真正放下她终生无男的遗憾，只好把注意力又转到母亲身上。自己的幼子夭折了，便开始操心母亲只生一个孩子还是不够。

"我跟你爸本来都要离婚了，结果我发现又怀孕了。就在这时接到老师父的来信，说她已经念了半年的经，要菩萨再给我一个儿子，所以我和你爸就没离婚，于是才有了你。"母亲说。

但是这说法显然有漏洞，母亲那时怎知一定怀的是儿子呢？而且等我年纪稍长，很快便想通了这故事背后另一层可怕的含义：如果没有老师父的来信，我来到世上的第一站，是否就是某妇产科的垃圾桶？

也许，母亲只是希望用这个故事，让这位今生不得见的亲人能和我的生命相连吧？

*　*　*

而随着我在湖南的行程南移，唤起记忆的不光有口音，还有料理的风味。

在餐桌上第一次看见腌白萝卜皮，我激动得说不出话来。台湾人只吃萝卜干，但这道只用削下的皮做成的泡菜，我只有小时候在自己家吃过。母亲亲手腌做泡菜，那是多久以前的事了。

把白萝卜去皮，内肉切成块跟排骨炖汤，切下的皮晾干，用盐抓一抓，再放几片辣椒，过个两三天就可以吃了。这是小时候经常上桌的家常菜。

白萝卜皮的口感极佳，生脆又有嚼劲，还带了点淡淡的辛辣。因为在外面的馆子里从未吃过，这仿佛是母亲自己发明的一道私房菜。直到这一天在韶山又与它久别重逢，我才突然理解了，为什么只有小时候才吃得到母亲的泡菜。

那是乡愁的密码。故园不再，太多的眷恋已无益，却又无法完全割舍，只好将情绪记忆用一道道简单的腌菜代替。不用太复杂，却绝对地道。也只能当小菜偶尔佐饭，帮自己找到历经生离死别后的一点平静。

母亲的乡愁密码还有豆豉辣椒，辣到全家只有她敢碰，装在一个小玻璃瓶里。每次挑出个一小匙，母亲边吃边会说，辣得过瘾。

另外同样让我记忆深刻的，只有在家里才吃过的一道腌菜，是芥菜梗。厚又胖的芥菜梗一片片装进小盆里，要等它微微发酵，一开盖有一股怪味扑鼻，就算完成了。小时候我嫌它带苦味，并不爱吃。母亲开盖检查她的心血时，我总在一旁喊着："熏死人啦！"

当时不知道，能吃到母亲亲手腌制的家乡味泡菜，也只有那几年时光而已。同样的，以前在我小时候，父亲也一定要自己亲手做他们的正宗京式打卤面，总嫌外面做得不到位。他所谓的京式打卤面，据说是清宫里头传出来的，木耳、黄花、蛋花、白切肉，最后还要淋一点陈年黑醋提味……

然后，不知道从什么时候开始，他们都不再坚持所谓的正宗家乡菜了。

　　是因为慢慢地，终于能够跟故乡挥别了吗？当在台湾生活的经验已超过印象中的老家岁月，是不是才让他们终于说服自己，那些口味真的已是过去式了？

　　还是说，看着下一代子女开始融入本地的饮食习惯，同时汉堡、三明治越来越西化成了受偏爱的主食，原来他们还想借家乡味把记忆传承的用心，开始显得徒劳无功，故而决定放弃？

* * *

　　陪父亲回过一次北京，我吃不到所谓的家乡味，反而不时便走进台商经营的馆子，标榜了台湾口味。

　　而来到湖南，那一小盘不起眼的腌白萝卜皮，竟让我陷入了无限哀思。母亲过世已赫然十年了……

　　那些家乡菜因为简单，反而有种更真实纯粹的口感，才能够在记忆里一直留存，不会跟其他烹调的酸甜苦辣混淆。精彩的人、事、物有时反而容易成为过眼烟云，显得越发不真切。家常的平淡，到了我这个年纪才发现，它一直坚持在记忆的某个角落守候着我，不曾离去。

记忆中，幼儿园的我最喜欢吃母亲做的一道点心，做法再简单不过，就是摊个甜鸡蛋饼。一点点面粉，一点点糖，和进金黄的鸡蛋汁里，然后在煎锅上翻几回面就成了。星期天的早上，甜鸡蛋饼曾是我最盼望的早餐。

大概就是太不起眼了，从没在外面餐馆里看到过这道点心。西式松饼这几年在台湾大行其道，又是巧克力，又是蜂蜜，还要加上冰激凌与草莓……不管花招怎么多，都没法引起我太大的欲望。大概是童年时，母亲那道近乎贫穷克难的甜鸡蛋饼让我太难忘了吧！

万万没想到，在湖南某晚丰盛的晚宴后，服务生端上的最后甜点竟然是久违了的甜鸡蛋饼。

那一刹那，我心里不由自主冒出的一句话便是："妈，甜鸡蛋饼耶，真的是甜鸡蛋饼耶……你看到了吗？……"

冬

噩

为什么总是家人，伤我最深

微温阴影

那时候纽约市的切尔西区还是曼哈顿的边陲。这个城市的边陲地区，都有着共同的面貌，不外乎是低矮的老旧公寓，转角廉价的小吃馆，各色的移民面孔与一种缓慢的节奏。

在二十三街的地铁下车，走进第八大道，不过才隔了几条马路，人车熙攘的喧闹声，在这里都已被消音。曼哈顿的冬天与切尔西，不知为何在我后来的记忆中总是连在一起。不是洛克菲勒广场的溜冰场，或第五大道百货公司的圣诞橱窗，反而是切尔西区乏人铲除的积雪，从河上吹来刺骨的长风，特别让我体会到异乡的滋味。

有两年的时间，我每周二的下午都要从堆满数据的书桌前起身，暂时放下进行中的博士论文，搭上地铁前往第八大道上的心理咨询诊所，与那位犹太裔的治疗师见面。

之前我从没搞清楚过，究竟精神科医师（psychiatrist）与心理治疗师（mental therapist）有什么不同。麦克告诉我，不要喊他医生，因为他拿的不是医学博士（MD）学位而是哲学博士（PhD），所以他没法开任何抗抑郁药物的处方给我。但是我必须周周准时出现，只要出现两次的缺旷，我们的咨询治疗就会立即终止。

"这是一种合作的契约，不只是你单方面愿不愿意参与。我们对彼此都有责任。求助者开始遵守契约，是他们重返正常生活很重要的一步，明白吗？"第一次见面时他便这样告诉我。

麦克的身材圆滚滚的，冬天里总穿着一件包不住他肚腩的毛线背心，夏天里不管气温多高，他也一定打着领带。第一次见面，我的视线一直无法从他头上戴的那顶假发上移开，质料与式样都显示那是廉价货。

麦克不是那种电影里会看到的心理医生，他既不优雅，也不权威，事实上在后来的治疗过程中，他有时会拉开嗓门大吼或大笑，活像一位杂货店老板。不，他不是那种在中央公园一带收费令人咋舌的心理医生；病人也没有一张舒适的大沙发，可以从医生办公室眺望到鳞次栉比的高楼和曼哈顿的天空。麦克甚至没有一间自己的咨询室。每周会面的这间密闭如衣橱的仄促空间，是许多位像麦克一样的治疗师共享的。

我的学生保险不包括这一块，所以我只能负担得起这种非营利公益基金会的医疗服务，把这位看起来也许自己都需要社会福利津贴的邋遢中年犹太胖子，当成我最后的浮木。这个机构有个外人乍看会根本摸不清底细的名称——"人类身份研究中心"（The Institute of Human Identity）。我其实是被学校的健康中心转诊送到这里的。

*   *   *

一九九六年夏天，我的好朋友自杀了。

他是一位正牌的医学博士（MD），原本服务于曼哈顿的一家国际知名癌症专科医院。在与他认识的头三年，我只是觉得他可能有酗酒的倾向，毕竟抑郁症在一九九〇年初还没像后来那么受到关注。我一直以为，自己就是医生的他，相对于我这个人生地不熟的留学生，应会更清楚该如何帮助自己。他的死让我极度自责，第一次身边亲近的人以这么暴力的方式结束生命——将一把药丸配酒吞下——在悲伤之外，我感受到更多的是惊吓。尤其他在失踪多日后，从新泽西的一间小旅馆还拨出过最后一通电话给我，挂电话前只说了一句："你一定要继续写作。"

两天后他的家人打电话通知我，人找到了，他已经走了。

Gone（走了）？我脑中一片空白。那天上午我原定要出门去参加学校的研讨会，因为我的指导教授有论文要发表。我像游魂似的荡到了会场，竟然还能够在讨论时间举手向台上学者提问。人在受创后会出现哪些不合常理的反应，事后自己都感觉讶异。等讨论结束，我的指导教授走到我面前，我这才像回过了神，全身发抖，失控地放声大哭。

* * *

那一年夏天本来就已够混乱，英国籍的指导教授与系主任多年的暗中不和终于爆上了台面。我的英国老师一气之下决定接受西岸另一所大学的聘邀。他手上的几个博士生见苗头不对，早已纷纷转投到系主任门下。美国学院里的恶斗，算是让我大开了眼界。英国老师大概见我是外籍生没势、没靠山，怕我以后会被系主任恶整，于是对我展现了其实日后只会增加我困扰的义气，要求院长破例同意，让他继续无薪担任我的论文指导老师。（事实上，我在未来两年都未再见过他，直到论文口试那天。）回到当时，研讨会结束后他就要离开纽约，见到我崩溃的惨状，他不知如何是好，只好亲自陪着我到学校的健康中心寻求咨询协助。

这么多年后，我仍记得生平第一次接受心理治疗的那个场景。

我被安排的治疗师是一位结了一头发辫、说起话来轻声缓语的年轻黑人男性。他有一间专属的办公室，门上挂着他的名牌。"我的英文名字也是 Johnson。"我指了指他门上的名字，对他挤出一个微笑，企图博取他的好感。因为我害怕在他专业的眼中，我已经不具备正常人的应对能力。

走进他的办公室，里头宽敞明亮，墙上挂满了画作，窗外是八月艳阳下的花草扶疏。冷气机嗡嗡地低鸣着，将暑热隔绝开来，治疗师的音调也是训练有素的平静与沉稳。只有一个声音在破坏着这午后的美好，那是我自己急促、愤怒、无助的叙述。质疑好朋友为什么要自杀的反复回旋的音节，像玻璃罐中一只战栗的苍蝇，一回回冲撞着它无法理解的屏障。

然后不可思议的事在我面前上演了。

对第一次接受心理咨询的我来说，仍被一种犯了错的羞耻感笼罩，觉得这一切都是自找，所以过程中多半时候我一直低垂着头。我越说越激动，甚至滔滔不绝了，像一个克服了舞台恐惧症的新手演员，期待或许可以得到鼓励与嘉勉。因为太过于专注在自己的故事里，我完全没注意到同为 Johnson 的黑人帅哥在干什么。

住口抬起目光，我看见坐在对面沙发上的他正安详地闭着眼，早已进入了梦乡。我呆坐着，没有发出声音，也不想惊扰他的好梦，只是望着窗外油蓝欲滴的天空，觉得这世界何等荒谬，恍惚中以为，这也许便是我最后一个夏天了。

对方终于被自己的微鼾声惊醒，只稍微挪调了一下坐姿，仿佛什么都没发生。"你睡着了。"我说。悲伤让人连愤怒都失去了力气，我说完便起身走了出去。

* * *

就算没发生这件荒唐的事，之前我对心理治疗也是半信半疑，这下更坚定了本人的不屑。挣扎着过了夏、秋、冬，把自己关在家里痛苦地与论文纠缠，不能不说我的倔强与不服输本性仍发挥了一点自救功能。然而，进入初春，我突然感到再次掉进黑洞。老纽约都知道这里的冬天特别不干脆，往往三月还要再降一次大雪，让已经沉闷到令人发狂的一整个冬季陷入寒冷与晦涩中，最后有了压轴的高潮。

即便心里百般抗拒，但我知道，这回可能撑不下去了。

垂头丧气地回到学校的心理咨询中心求救，这回认领我的是一位头发已全白的黑人女性，体形瘦小，动作优雅到已达迟缓而非从容的地步。但她的声音好听极了，软软的，像带着静电的一小块毛毡，对我说的每件事，她都是那副慈悲欲泪的表情，频频点头，有时让我觉得她是来听我训话的，而非治疗我的咨询师。她那柔弱又疲惫的身影总让我愧疚地想到，如果我不出现，她便将一个人孤零零坐在办公室的模样。乖乖与她约谈了两个月，就在我对心理治疗再度灰心之际，她带来了好消息。

她要退休了！这是我们最后一次会面了！我当下有种松了一口气的感觉。接着只见她搬来了一个大簿子，戴起了她的老花眼镜开始翻查。"我希望你不要中断治疗，喔？"她说，"我把你转诊到另一个地方吧！针对你的问题，我想会有比我更专业的治疗师……嗯，这家吗？……唔唔，还是这家？……"

什么？一次看诊只要二十美金？这种低廉的价格，教人如何能拒绝呢？

* * *

初诊前一晚，我便接到了麦克的电话，应该说电话留言，因为在忧郁低潮中的我早已停止接听电话了。他用中气十足又洪亮的嗓门，以布鲁克林的犹太腔在留言中提醒我们有约，并祝我有美好的一天。我删除已听留言，也许还不自觉地翻了个白眼。

我想麦克一定察觉到一开始我对他的排斥，但他可以完全忽视我的不信任，反倒让我对他好奇起来。

为什么一个哥伦比亚大学的社会系博士，不是在忙着写论文，或想办法弄一个自己的诊所？与其说人各有志，不如说美国是个竞争残酷的社会这件事在他身上得到了充分印证。肥胖又其貌不扬，总是穿着那件磨痕累累的皮夹克，看起来就是个不可能打得进印象中那些主流团体的角色。一个月后他跟我坦承，我原本是分派给另一个咨询师的，但他在看过我的资料后，对我的情形很好奇，就把我跟别人的客户调换了。这让我对他更心生防备，怕他有什么不轨的企图。至于为什么求诊者都被称作客户（client），对此我一直不解，听起来总让我联想到什么地下不法交易。

但是跟他会谈的方式跟前两位真是有太大的不同了。他聒噪又没耐性，总爱打断我说话。后来才发现，这就是他治疗我的手法。每听到我开始往一个死结里钻，他就要打破我这样的模式。有一回我说到声泪俱下，他却突然站起来说："时间到了！"我忍不住抗议他怎么一点同情心都没有。他睁大了眼睛回答我："你以为每一节四十分钟是随便定的，没有它的道理吗？"

原来那也是一种训练，不论陷入什么样的情绪，必须练习说停就停。

*　*　*

如果原本我的情绪如野犬般总无时无地不止狂吠，现在我遇到了一位驯兽师。他的治疗方式是否正统我不知道，但确实对我产生了效果。他教给我的许多方法，直到今天若是遇上了情绪乱流，我仍然会按他所说的执行，也常提供给有情绪困扰的朋友尝试。比如说，当忧郁感觉如潮水上涨，他要我立刻启动回想，前三十分钟自己曾做了哪些事，因为环境里某些声音或光线，某些话题或画面，都会如开关般触动情绪。照他的说法，忧郁是有惯性的，而且常常偷换跑道，所以要找出那些开关，并时时加以提防。结果发现，当时一直在戳破我不愈伤口的竟然是电视！之前感觉孤单低落的时候，我总打开电视与我做伴，没想到反成了恶性循环的祸首。

一旦黑暗情绪蠢蠢欲动，他要我立刻离开那个现场，满街乱逛亦可。他让我渐渐打开心房有话直说。我们严守每周两次、每次四十分钟的会谈规定，没有其他接触。虽然他一开始给过我他的电话，但也同时警告我，只供特殊紧急情况（像是我吞了一瓶安眠药之类的）才可使用。我的情况明显出现进步，但是我对麦克的了解仍然如此有限。接下来我完成博士论文，之后仍继续咨询了一段时间。

有些伤口永远不会好，我们只是学会了如何躲开那些穿透记忆，会照见皮骨的阴冷放射线。

* * *

是我主动提出，也许治疗可以告一段落了。

最后一次结束，麦克只是跟我握了握手，立刻又坐回了办公椅，开始填写当天的会谈病历。走出那间"人类身份研究中心"，将近七百个日子，这条路我已多么熟悉。每一间店铺，每一个街角摊贩，如今都像是一个遥远的梦。毕竟我要挥别这段经历，一定要狠得下这个心，我不断告诉自己。

会怀念起自己的抑郁症，这样正常吗？我很想转身回去，问麦克最后一个问题。

两年后决定回台任教，想在临行前再见一面的念头，让我找出了多年前他写给我的那个我从没拨过的号码。通话后直接转到了语音留言，我迟疑了几秒才以"还记得我吗？……"当成了开场问候。一直等到几天后，录音机中才出现了那个熟悉的声音，但明显语气变得十分疏远客气："很高兴知道你很好，我祝你一路顺风。见面不是一个好主意，我想。咨询师与客户不应该有私人交往。希望你回台湾后有很好的发展。再会！保重！"

也许他是在这世上，最了解我的人了。我却是这个人众多客户的其中之一而已。如果黑人妈妈退休前没把我转诊，如果麦克没有作弊调换了病历……那一刻我只能想到，死里逃生原来靠的都是不可知的概率与偶然。直到今天仍说不上来，那种又凉又暖的情绪究竟是什么。但这回，我只略略惆怅了一会儿。活着，便是要随时隔离那些惘惘威胁着自己情绪的阴影啊！

虽然我也知道，阴影的边缘上总还勾缠了一些情感的残絮，或闪着稀薄的微光，但是一起将之扯断埋藏，是必须的代价。生存的功课总要反复练习，只要能不再陷入黑洞就好。被隔离的记忆，在堆得太满的二十年后，才终于有了重新打开清仓的勇气。

* * *

那一年，朋友的死讯从电话那头传来，仿佛击开了人生中一道再也关不回去的闸门。

中年之后，从电话中一再接获不幸消息俨然已成难逃的宿命。多年来对电话铃声感到恐惧不是没有原因。如果有什么抑郁症的旧伤始终无法根除，恐怕就是自他死后，我几乎是能不接听电话就不接听。

让它们转进语音信箱。我跟这个世界之间需要距离。

谁在灯火阑珊处？

小时候常被父母或长辈戏问，将来要娶什么样的老婆啊？童言童语说出过哪些答案我没印象，除了这一则。

记得是在某个卖上海汤圆肉粽的店里，七八岁的我先是茫然，然后看着角落坐着的一个女孩，正熟练地在掌心揉滚着糯米，我当下便很确定地说："我将来要娶一个会搓汤圆的！"

父母日后常爱拿这事取笑我，让我想忘也忘不了。

换作其他的小男孩都会怎么说呢？我要娶一个像妈妈的？像某某阿姨的？有长头发的？会讲故事的？……我是随口乱说的

吗？也不是。说不上来眼前那个搓汤圆的画面在心里勾起了怎样的一种想象，但确实有种模糊的触动。一颗颗搓好的汤圆，一种安静规律的动作，有一点寂寞，有一点甜。

不但父母没听出来，那个年纪的我更是无法意识到，我的答案里，那个伴侣没有特征容貌，只有一种认真的姿态。或许我并非想挑选那样的一个伴侣，更像是，我认同了那样的姿态。

之后的岁月里，只能默默将对一个人认真付出的可能在心中越埋越深，深到自己几乎都快忘记还有那样的盼望。偶尔怯怯地抬起低垂的目光，看到了一丝希望如黑暗隧道尽头的一烛微光，却又仿佛是永远到不了的终点。

矛盾的是，我一直不想放弃。明知道要绑住两颗心何其不易，但我还是幻想着真情不需要这样被绑架。每每听到朋友说起与情人分手的理由是因为感觉淡了，"变得像家人"了，我总要对那理由背后对"家人"的污名化感到一阵寒战……

如果那已成为分手的最佳理由，真爱与激情又该如何分清？

每个人心中的衡量标准又是什么？

这简直像是一个鬼打墙的魔咒，让多少人在其中翻滚飘浮，不知所以，也不知所终。

* * *

最近，我又想起了那个默默揉滚着汤圆的身影。

此生最稳定也最长久的一段关系，曾让我惊讶感动于这样的安稳与快乐不再是梦想，让我几乎以为自己的坚持终于没被辜负，而这一切竟然最后还是逃不过情人／家人的欲望冲突所设下的陷阱。

从小看着曾经也是情人的父母亲，为了成为家人多么努力，在对立逃避、对抗和解的周而复始中，直到其中一方过世方休。而我一度以为自己如此幸运，就这样已经成为彼此的家人了，平静、放松、规律，或许有点寂寞，总还是带点微甜。

"我想我爱的只是你爱我的感觉——"

我不知该如何回答。

突然觉得自己像是在深夜里，独自乘坐着一座反向旋转的摩天轮，对爱情、亲情的所有梦想，都因那快速的逆转而晕眩欲呕。

＊　＊　＊

有时怀疑，自己至今在所有课业与事业上的努力，都是潜意识里想对我父母的弥补。即便如此，人生有一部分的快乐与悲伤我也永远无法与他们分享。这仍是最大的遗憾。只有那么一次，跟母亲提到了自己的失恋遭遇，眼泪一发不止。母亲不知怎么安慰我，最后只好搬出自己的情伤，与我交换了她的秘密。

"你爸在欧洲一直不肯回来，我知道这段婚姻是走不下去了。一个人带着孩子，前途茫茫……后来，我认识了一个很好的男人，重要的是他对你哥很好……"

"那后来怎么没在一起？""总要你爸回来签字离婚啊！他一回来，我看到你哥那么开心，想到自己从小命就很苦，突然怀疑换一个男人是不是会更好，也许自己没有那个命……"母亲说。

我们这个家，一直被太多的秘密纠缠控制，一家人真应该再这么继续过下去吗？如果母亲一直为了外公对她所做过的那些狠心事不解而痛苦，对自己的丈夫为何始终不同心而心寒，至少她的儿子从不希望与她成为陌生人。

母亲过世后，少了她在中间调和，我与父亲相处时只能小心。

只是那回实在太痛苦了，跟父亲叹道我又被甩了，为什么谈感情这么难？

自己的父亲怎么会不了解儿子的性格？他直冲冲回我："你乡下人啊？见到一个就想要跟人家过一辈子？"这事说给朋友听，无不笑得东倒西歪。

我却笑不出来。

因为父亲的回答完全解释了他与母亲的婚姻。

* * *

分手文写在小小的手机短信对话框里，拥挤得令人窒息。我的手指来回滑动，放大缩小字体，怎么也调整不出我的心脏能承受的撞击指数，老花的视力亦找不到两人适当的距离。

"我爱上别人了。"

再次见面时，竟然不顾自己这把岁数了，抱住对方痛哭。"只要留下，"我说，"我可以从此不再提起这件事。"

哭得失魂又失声的同时，我的记忆中出现了一个三岁的小男孩。某次午睡醒来，他发现那栋当时居住的二层小屋中空无一人。一种被遗弃的恐惧立刻让他疯了似的号啕大哭起来，从楼上哭到楼下，一路哭到了屋外。他从没有那么惊惶过，站在巷子里就如同被人遗弃的孤儿，仿佛是某种早已盘踞在内心深处的噩梦终于成真。

看顾我的用人趁我午睡上街买菜了。等她走进巷口看见哭得肺腑摧折的我时，她与其他看热闹的邻居小朋友一起笑了。

那一场被遗弃的惊怵我一直记得，那种恐惧如此之真实，我相信，在许多看不见的维度，对我早已造成了一生难以抹灭的影响。

父母都外出工作，童年的我却将这份恐惧一直掩饰得很好，与用人和平相处，自己会写功课，不会乱跑，让大人觉得放心。年纪再长些，同学们都觉得我是一个习惯独来独往的人。日后，每次在我的舞台剧首演幕启前，我总要躲进楼梯间默默独坐，怅然若失，因为明白一旦幕启，就离落幕不远了。

直到无遇警的分手，结束这一段今生唯一慎重考虑也许可以成家相守的感情，我才发现，孩提时那种被遗弃的恐惧清晰如同昨日。

＊　＊　＊

二十五岁留学念书，没想到从此之后，便一直过着过客式的宿舍人生。从花莲到台北，一周时间里总在不同的地方停留，却没有哪个空间是不可取代的。我随时可以起身离去。

忘了已经有多久，没人会等候着我的归来。但，我依然掩饰得很好，总是可以随遇而安。

在走过二十五年的惶惶然之后，在平稳幸福的三年多后，我竟傻傻地以为，可以一直这样走下去了。难道我幸福的表情中，出现的是一种如同守护着家人的沉溺吗？

只用一句"对你已经没感觉了"便终结了与我的答辩，还有什么比这句话更让人无力反驳的吗？

独角戏

即便是大年夜，台北总还是有亮着灯的酒吧，供像我这样的人取暖。

曾经以为自己不需要。但寂寞让我成了跟他们一样的人。

除夕的生意可好着呢。店里的客人都被这样摩肩接踵的盛况惊得相觑傻笑。几乎都是老面孔，但多数向来只是以化名代号相称。差不多的世代，大同小异的情节，对方不说也不必多问，为什么没在家里围炉。

A 说，上个礼拜已先回去跟爸妈吃过饭了。没错，留下来吃年夜饭，遇着了七嘴八舌的亲友，让爸妈也尴尬。提早先走也算是体贴。B说，爱人回他自己家了。也许大家心照不宣的是，不管今年这顿年夜饭是怎么吃的，其实我们都有数，也在准备着，总会有那么一天，只剩下自己一个人的除夕夜。

而我毕竟还未习惯，还有挣扎，对于自己竟然就这样，成了一个从除夕到大年初二，连续三夜都泡在酒吧里的人。

母亲刚过世的头两年，我都还会自告奋勇下厨做年夜饭。自己亲手剁馅包饺子，外加红烧黄鱼和炖鸡汤。我以为没了母亲，父子两人还是可以好好过个除夕。

几乎是带着一种赎罪的心情。之前在外求学多年，父母二老的年夜饭究竟是怎么吃的，到此时才体会到那种简寒的心酸。

父亲上了桌，只意兴阑珊地夹了几筷子。之后，他宁愿接受邀请，到别人家的年夜饭桌上掺一脚。我跟去过几次，怎么说还是觉得怪，举杯敬别人家的长辈，算是哪一门事？

不用后来邻居告知，平常周日来看父亲，我前脚刚走，就有女人后脚进门，年夜饭后看到父亲闭目养神不理睬我，也就明白自己不宜久留。好在那时候好友朱朱尚未过世，她跟家里因财务之事吵翻了脸，赌气从来不回去过年。她在延吉街上开的小酒馆除夕照常营业，一过十点许，客人开始上门，有的还携家带眷。原来有家有室的，也不是都喜欢待在家里，看着无聊的电视，假装幸福围炉。

朱朱二〇〇八年底意外走了。那一年经历了寒流、阴雨、湿冷，让我大年初一气喘病发作进了急诊室。一个人半死地摸进医院，又一个人回到家躺了一整天，每餐煮几个冷冻水饺果腹。

若不是好友的出现，对过年这事早就失去了感觉。虽从未一起吃过年夜饭，但是三年来，我总爱拉着他陪我去买年货。一买两份，我一份、父亲家一份。去年我们一起在夜市挑了好几盆兰花，买盆移盆浇水忙得好不开心。

今年一个人还是买了兰花，把另一盆兰花带去了父亲家，还有大包小包跟超商订的年菜。耐心地教印佣做红烧肉，焖半点钟就加一次水，连加三次水，俗称"步步高"……父亲已不会想去吃别人家的年夜饭了。我一个晚上问了他无数遍，今天是什么日子？今年是什么年？……对，是除夕，已经农历羊年了喔……想起来跟印佣交代：打电话去问你姐妹，等下发红包你要跟爷爷说什么？……

今年，过年成了我的一出独角戏，我越是努力地想演得有板有眼，却越是感觉到一种无能为力。那种无以名之的不安与灼烫的孤独感，让我即使想要喝两杯，也无法克制独自一人的灵魂翻搅。

* * *

谁都没有想到，癌症会这么快夺走了哥哥的生命。

之前我相信或许至少还有三到六个月。甚至还曾以为，至少当那一天将近时，病床上的他与我会有一些什么样的对话。但是我却连他往生的消息，都是透过他在台北的朋友才得知。

大年初六开学，一大早发现手机里那封短信时，我还反复读了两三遍才搞懂，这不是一则错发的新闻："我刚去看过令尊，他告诉我你的手机号，要我通知你，令兄已往生。"

竟然是，当我前一晚还在回花莲的火车上，这位老友没有任何联络方式，除了火急火燎地连发了好几封信到我学校的公务信箱。下了车后我没开信箱，他只好又从某位父亲的学生处才打听到了住址。

"你哥哥过世前十个小时还是清醒的，还给我发过 E-mail，交代了一些事情。"后来在电话里他这么告诉我。

但是显然没有人告诉他我的手机号、我私人的信箱，甚至老家的住址。我哥的妻女甚至无人愿意亲自拨一通电话或发一封邮件。

从花莲赶回台北，除了陪在父亲身边，能做得并不多。告别式的日期仍是透过转寄才知晓。

我才明白，对于哥哥的那个家来说，我们这个家，早在他走之前，恐怕就已经不存在了。

两年前当父亲开始快速衰老时，我不止一次想过，有一天，我在世上唯一的亲人就只剩下这个相差十岁，在海外三十五载的陌生哥哥了。我们到时候会比现在亲近一些，还是更加老死不相往来？万没有想到剧情会完全逆向发展。竟然是他的提前辞世，让这个家更接近归零。

将近一年的时间，我努力捕捉记忆中即将消失的这个家，既不是企图写下家族史，也不是写下自传之书，只因我最想探索的，是这一家人感情纠结的缘起，与尔后挥之不去的疏离。我只知道，生命中其他消失的过往，我都可以放手，但这次不能。我只有这一个家，不想等到一切都过去了才来哀悼、怀念。我已经等了太久了。我甚至后悔没有早一点动笔。

文字能留下的，就是书写过程中灵魂与真相之间最真实的搏斗了。

在这个过程里，发现太多的部分都远超过下笔前的预期，原以为就要出现的某种救赎或答案，随时可能因突发的事件而立刻崩塌。

因为一切尚未过去，连书写这件事的本身也缺乏某种确定与必然。

记忆还在喧嚣、噪乱，新的颠覆与逆转又迎面而来。一边书写，一边不时听见命运在身边追赶呼啸。越是企图借这些文字安顿长年惊慌的灵魂，越是发现无常的滚轮加速催奔。

真正的疗愈或放下，和解与同理心，也许还要等上另一个二十年。毕竟，人生还未到落幕。现实与小说不同的是，现实只能没完没了地继续下去，不像小说，必然会有收尾与结局。人生的结局，连当事人都未必能清醒地目睹，更何况洞彻？

既然人生还要这么过下去，该做的该记得的，逃也逃不掉。就怕是到了真正落幕的时刻，最后活下来的那个人，早已放弃了还原过程的冲动。

这一刻原本该是静静打开记忆，让那些曾令人惋惜的、伤感的、惆怅的点滴，重新注入经过岁月的多年磨淬后，自认开始变得勇敢又谦卑的这颗心。同时幻想着，或许被尘封的表面砺层，也会因此慢慢如蛋壳般脆透，终于纹裂释放出核心那个始终渴望着被爱与被理解的孩子。

不要问为什么，那个孩子从懂事以来，就知道这个家是一座悲伤的火药库。他在整个成长过程中，都一直小心翼翼地不让那些火药被引爆。

但在无常的命运面前，这一切仍是徒劳。

从除夕到大年初三，当时的我又如何能预知，三天三夜的宁醉不醒，冥冥之中已是前兆。已然警示了今年的春节，最后将会在哀恸中收场。

父亲直到这一刻，仍不愿在我面前流下一滴眼泪。但是看护悄悄告诉我，我不在的时候，爷爷会哭。

说不出口的晚安

哥哥过世的第三天，我来到供奉母亲骨灰的精舍，向天上的她报告了这个消息。

立于母亲长眠的小匣门前，我在心里对母亲说感谢。十二年前她的骤然离世，如今感觉起来像是她的一种体贴。若她亦长寿至今才发现罹癌，我一个人要同时照顾老病双亲，简直是不可能完成的任务。母亲先一步告别，仿佛预知了我将独自面对家散人亡的未来，不忍让我更狼狈。

想起两年前哥哥还说，明年就退休了，也许每年可以回台湾长住四五个月。母亲刚过世时他也曾说过，也许以后每年忌日他都会回来团聚。重点不在于有他在是不是一定帮得上忙，但当时心里确实有过一丝安慰之感：毕竟是一家人。如今才知道，那些话也不过是随口一句，都不曾、也不会实现了。

新手父母其中一人可申请育婴留职停薪三年的权利，且不得拒绝其申请。这确实是一个大进步，体谅到父母与幼儿的共同需要与社会的改变。但社会走向高龄化之后呢？

也有所谓的侍亲假。但在考虑人员与工作量配置的情况下，得经审议后决定核准与否。这听起来无疑在说，新生命带来希望，而高龄化社会将是未来沉重的社会成本，一点也不让人期待。

一般丧假又能请多久？记得当时母亲是在学期中途病故，也不过两周后我就又回到学校。偏偏那天学生特别不听话，分组讨论却有人任意走动谈笑，连喊几次都没人理，我气到把东西一摔怒喝：

"我母亲昏迷的前一天我还在给你们上课，告别式一结束就赶回来，你们值得我这样做吗？"

学生面面相觑，我知道，他们多数根本不知我在气什么。

责任感最后总是苦了自己，怪不得从年轻就开始培养小确幸态度变得很重要。而我这一代人又有几个真能学得来？

124

去酒吧并非为了寻欢作乐，反因有些同是天涯沦落人的理解，只有在那里才会得到。那晚酒吧生意冷清，我与多年来只知其外号的某人，突然有了从来没有过的深谈。噢，原来你住中和……你也是只有一个哥哥，已经过世了？……那母亲过世前都是你一个人在顾吗？

"失智后的母亲后来只对百货公司的橱窗与人潮有反应，我特别在信义区新光三越附近租了房子，每天晚上推她去逛街……整整三年的时间，我没有约会，也没出来喝过酒……"

多少朋友都一肩挑起了照顾父母的责任。朋友继续缓缓诉说着："母亲死后，有一天我下班从捷运站出来，突然停下匆忙的脚步，我才意识到已经不需要再像从前那样，一下班就十万火急赶着回家了！我已经轻松了！我可以过我自己想要的生活了！……"

我听到这里鼻子一酸，知道他一点也不如自己所说的那么洒脱。

从社会制度方面就看得出，我们的文化在鼓励我们往前看，对终将或已经逝去的，一定要学习放手。悲伤太久是不健康的。英文中有一个字，grief，不好翻译，一种在哀伤里难以自拔的忧郁。弗洛伊德认为那种不肯放手的偏执是病态的。直到前几年读到文化评论教母级的茱迪丝·芭特勒的观点，她持不同看法，认为沉浸在失去中会让我们重新建构自己是谁。在原来的人生中我们都被社会矫正力量所管辖，只有当失去时，我们才有机会从那个缺口中步出看似正常的人生，看到以前所看不见的。

我现在懂得了，grief 为了伤逝，何尝不是对生命真相的另一种直视？

原来我最需要的是让自己好好伤逝，如同给自己放一个长假，不必再时时刻刻撑起那个苛求完美的自己。

* * *

前任彻底践踏了我的付出虽已是两个月前的事，但痛并没有消失。还是会在夜深人静突然感觉心绞难忍时，不理性地发出一则则失控的短讯。只有如此才能像服下了镇静剂，让癫痫的灵魂暂获喘息。

但它们的药效远比不上哥哥的死讯，让我直接堕入一种失重的恍惚。

人在花莲接获短讯，一时赶不回台北，与父亲通电话，还没等我多说两句，他就把电话丢给了印佣。我在那一刻突然意识到，在这个世界上，我已没有一位亲到可以诉说当下心情的人了。

失恋容易找到听众，但失亲不能。

安慰失恋的人可以用插科打诨，但吊慰不能。

更何况那天还是大年初六。要清楚这大半生我们家里的爱恨情仇，还有我仍在情伤的前因后果，才能了解我当时对这样接二连三的打击已近无言的精神状态。我不知该跟谁说，只好发 LINE 给前任。

已读不回。

生离死别我不陌生，陌生的是这种孤立。

母亲过世时身边有父亲。老友过世时有共同的朋友。但这一回，白发送黑发的父亲已不再是能取暖的倚靠。连最后以为还可能有的一丝亲密关系也都不再。我仍然走进了教室里打开讲义，甚至没让任何同事知道。以为这样的假装，会让悬崖边上的风不再劲猛，想看看自己究竟能不动如山多久。

还记得上个学期末前任无预警分手，我撑着看完了学生在课堂上演出的《晚安，母亲！》（'night, Mother!）。从大学第一次读到这出普利策获奖名剧，我就说不出为何十分着迷，那是关于一个女儿决定自杀前，计划好如何向母亲解释与道别的故事。说完那句

"晚安，母亲！"后，女儿进了卧室把门紧锁，整个晚上都企图制止女儿的母亲在门外崩溃了，狂敲号啕，最后认输了："对不起，我从来不知道，你原来这么不快乐……"

枪声响起。剧终。

每隔几年便会教一次这个剧本的我，当时却仿佛在看着全然不同的一个故事。女儿整晚的耐心应答，目的或许并不是让母亲心安。我看到的是所有抛弃者都必须先控制住整个场面，之后才能得以脱身的策略。

被抛弃者从来都不可能听得懂抛弃者所给的理由与解释。因为那都不是真正的答案。被抛弃者越不明白，越会让抛弃者对这段关系感到厌烦，并为这样的厌烦找到想要切断的合理动机。

消失即是死亡。

所有要跟我们切断关系的人，应该都当他们死了。

然而不懂的是，那个如同剧中母亲捶门呼喊"到底有什么样的恨？为什么非要这样做？"的角色，为何却总是我？

在意识还清醒的最后，哥哥给他的朋友发信，却仍不想与我和父亲联络。母亲病危时他选择不赶回见最后一面。自己要离去的时刻到来他同样转过脸去。抛弃者的角色，他果然有始有终。

只是为了不被打倒而活着，是活下去的好理由吗？

发现自己罹癌后的哥哥曾告知，他去做了基因分析，警告我要小心，因为显然从母亲到他，家族遗传的特征已具，且医生说手足之间发病的概率极高。而当时我心里唯一的念头是，如果我也倒下了，留父亲一人在世该怎么办？他除了记忆退化外，没有其他严重的病症，也许他会活得比我久。

母亲享年六十七岁，哥哥更年轻，才六十一岁。

我知道自己不能倒。然而，却总有另一个声音冒出在冷冷问我："当一个抛弃者，有这么困难吗？"

关于痛苦的后见之明

在餐桌上，父亲看了我一眼后，突然说了两个字："瘦了。"我这半年多来的确瘦了很多，他能注意到这样的细节，表示他的精神与注意力大有改善，我不禁感觉心头难得的轻松。

不料，接着父亲又冒出一句："哼，不结婚！"我笑了笑，维持着刚才的好心情，用半开玩笑的口吻回他："我若是结了婚，就要忙着管我自己的家和小孩，就不可能有这么多时间照顾你喽——"

才说完，我便看见父亲的脸色骤变，那种我熟悉的、开始要攻击前的肌肉线条扭曲："我要你照顾？你照顾了我什么？我有退休金，满街的人我还怕找不到人来照顾我？你滚远一点！——"

我盯着他，所有脑里闪过的回击台词却蓦然化成一团白雾闪逝，只感到极度的疲倦。"这个家只剩下我跟你了。"我只能用最冷静、最不带情绪的语调，打断了父亲，"可以停止了。不要再跟我作对了。不要再跟我闹别扭了。以后只有我们两个人了。"

我所说的每一个字，我知道父亲都听得一清二楚，因为即刻看见他脸上的表情从怨愤转为落寞。我们继续平静地把饭吃完了。

如果这是电影，到这里镜头会从中景拉到全景，然后剧终。在电影中，安排一个感人的和解很容易。但生活永远还在继续，只能说在那一刻警报解除，而未来的生活仍是未知。我没有悲观的权利，当下亦没有乐观的条件。

虽然不懂父亲为什么这些年来总要跟我剑拔弩张。但在那一刻，我仿佛多靠近了父亲一小步。即使只是一小步。

* * *

将近一年的观察结果显示，父亲的智力并没有明显退化，退化的是他的记忆与生活自理能力。之前那个与他同居的女人，掺混了多少让人昏眩无力的药给他服下，已不可知。停止被下药后，父亲已不再每天大半时间昏睡在床上。他能够在听完我说的那些话后，立刻收敛起蓄势待发的无理取闹，表示他明白，之前他习惯的攻击位置已经失去了火力。

我恍惚明白了些什么。

他愤恨的对象也许不是我，而是他自己。他无法接受的是，在我面前他成了一个害怕孤衰而终的老人。

父亲终其一生，都不是个能面对困难的人。但是，他同时拥有其他许多讨喜的才华，所以在前半生，那些所谓的困难，到头来都有人替他解决，到底没真正打击到他。

而人会老，所有能了解他、帮助他的人也会一个个走，他终于得独自面对。他并不是一个勇敢的人。从来不是。母亲为他做得越多，他越有恃无恐，越要让母亲失望，让母亲更加的心力交瘁。直到他发现以后再也没有这份力量的支撑，无法面对事实，所以在母亲病危时，他反而要呛声以掩饰自己的害怕，会以恶言咒骂已无力抬头的母亲——

但这些也只不过是我的想法——或者说，我希望的版本。

过去这些年，我越是想跟他接近，他越是要阻挡拒绝，越是把自己推向他的另一个儿子和那个在街上找他搭讪后认识的女人，然后他发现，哥哥与那女人都并非真心想照顾他，而是说了一堆好听的话后，开始打他存款的主意，以至于因为好面子，害怕被我发现，他越要对我龇牙咧嘴。

这些，仍然只是我的推理。

* * *

想起在分手后，我曾自语般对父亲说出了心中的无奈与悲伤，本以为他会如常嗤之以鼻，没想到他却回应："坏人走了，那是好事。"

当时的我未加深想，如今却对这话可能透露出的信息深感不忍。或许，自母亲过世后，他一直处于某种惶然焦虑。本以为可以开始恣意的人生，却被他始终不肯说出口又无力面对解决的困扰折磨着。

转眼哥哥已去世三个月，父亲整个人呈现了多年来所不曾有过的放松状态，开始对我逗他开心的玩笑话有了反应。

也许我永远不会知道这一切真正的缘由是什么。

我突然理解到，最让我悲伤的不是看着好好一个家，最后会退行成为一个小小的句点，而是这一切，最终还是无解，成了一道永远割在心口的破折号——

＊　＊　＊

午夜的家庭影院（HBO）亚洲频道正在播放一部老电影。

男孩们来到女巫的家门前，打赌看谁敢进去偷取传说中女巫可以预告生死的魔法玻璃眼珠。其中一位勇敢的男孩竟把女巫带出屋来，只见女巫摘下眼罩，预告了其他男孩们的死亡纪事。同伴们皆大惊逃跑，留下的那个男孩则说，他也想知道自己的死期。"因为，如果现在知道了，那么在它发生之前，我若遇到其他难关就不用担心了，因为晓得自己一定会过得去……"男孩如是说。

"毕竟主角还只是孩子。"我心想。人生原本就没有什么过不了的难关，只有伤亡轻重罢了，只有圆满或遗憾罢了。

孩子的世界里还没有寂寞这两个字，还不懂得沧桑的况味。人生最难熬的不是一场又一场的生离死别，而是企图寻求解答：这一场生存游戏的意义究竟是什么？

甚至，没有过不去的难关，可能只是因为我们开始习惯了，记忆迟钝了，忘记了这一切是怎么发生的，也不再盼望改变的可能。

最近读到法国早逝女作家玛赛儿·梭维若的一段话："如果痛苦是陌生的，我们会有更多的力量来抵抗，因为不知道它的威力……可是如果我们知道是什么苦痛，便想举手求饶。"

但，即使求饶，该来的痛苦也不会高抬贵手。每一道难关，每一种痛苦，都像久别重逢的老友般，热烈地企图向我们介绍有关生命的深度与重生的可能。但在多数时候，我们就像闪躲推销员一般，只想匆匆绕行，不想回顾。

至于女作家所讲的，是关于自身经历的失恋之苦。我却认为，痛苦来来去去，最挥之不去的，反倒是与自己亲近之人的那些他们不肯说出的苦。

对母亲在病榻最后余日的记忆会如此难以放下，是因为知道她曾经是多么好强而刚烈的女子，认为自己没有挑不起的责任，没有过不去的难关，却被命运一路追讨着付出再付出。

最让我痛心的一个画面，是当她被化疗摧残得奄奄一息之际，夜里她伸手要我递给她梳妆台上的面霜。她依然倔强地坚持每晚睡前的保养工作。是因为对自己的病情仍抱着最后的希望，还是决定即使死亡逼近，她还是要以全部的力量，紧抓住自己最后的尊严？

不，痛苦对她来说早已不陌生，但她绝不求饶。反而是在看着她抹起面霜的我，那一刻感觉到一种前所未有的痛苦，并且知道，我这辈子都将要带着这份震撼的记忆走下去。

如果她能够懂得示弱与放手的话。但，那或许也只能让旁观的我觉得好过些，未必减轻得了她的磨难。

原来，没有什么晴天霹雳，其实都有伏笔。我们真正害怕的，也许不是痛苦本身，而是痛苦地理解到，这一切竟然都是自己的选择。

雾
起

不 过 是 陌 生 人

放 不 下

如果没有真正走到这一天，眼看着父母开始不能自理，而身旁又毫无帮手，那么或许很难体会那一种无措。不想说辛苦二字，因为这是早有心理准备的事。尽管如此，还是会感到慌乱与无力。尤其当我自己面临时，才发现父亲完全不是教科书上的老人。那种要把他当作幼儿般照料的说法，根本不成立。

老人当然不是幼儿，幼儿没有经历过人生，不懂得什么叫挫败与险恶，还没机会发现他的欲望可以有哪些对象。这些，也许老人不再记得来龙去脉，但在他们的人格与情感面，埋下了多少如前世般隐约的密码设定，我们永远不会晓得。

一位朋友说，他父亲的性格改变了。我回答，你怎知以前你以为的性格是正常。也许现在那个贪吃、暴躁、疑心病重的老人才是真正的他。

老了，对于社会规范与监视加之于身的警觉退化了，也不懂得隐藏了。有没有可能他们这些行为始终在进行，只是一直没被我们发现。

家庭自然也属于那个规范系统。

我们只记得父母总是在要求我们修正自己，而对此感觉不悦，但是绝大多数的父母被婚姻、子女修正的程度，也许他们自己到后来都无感了。

想象你人生有五十年，在过着一种服膺伦常的生活，然后那种生活随着子女离巢成家、身体与记忆残破，如李伯一场大梦，醒来后变成另一个时空。被我们当作失智的父母，或许此时正在开始寻找拼凑，那个曾经存在过，却修正到已经找不回来的原我。

我甚至怀疑，老人会对社会契约化关系开始排斥，当人家的父母妻儿一辈子，毕竟会累。

我必须用这些话来说服自己。否则，仍认得我是谁的父亲，为什么这些日子以来，会把我看作空气一样？

随着他的婚姻以配偶殁注销，有好几年，父亲一直过着不想与我有牵扯的自由生活，每周应酬似的与我吃顿饭，好像家庭只是婚姻的附属品，一种过渡期，并不独立存在。后来跟朋友们聊起他们鳏夫的父亲，这种情形并不少见。

但我不得不说，在我留学念书之前的那个父亲，跟我是非常亲的。

幼年时，母亲朝九晚五，而在大学任教的父亲课不多，所以父子相处的时间更长。别的同学家里来送伞、送便当的是母亲，我却常是父亲出现在教室外。

到了晚年，他却像是做出了某种决定般，开始与我疏远。有朋友提出一种说法供我参考，父子间就是会有这种关系上的改变，看到成年后有了自己事业的儿子，既是感受到威胁，也会忌妒，因为儿子现在所有的，他都没有了。

而我还有另一种想法。

女人结婚是为了想要有个家庭，而男人要的是配偶，所以才同意成家。所以大多数鳏夫只要有机会，是不会放弃第二春的。寡母们则觉得自己的家还在，就够了。只是，我父亲的第二春是一场被有夫之妇骗财的灾难。还好这个女人的老公还没死，她的身份证还没到手，否则……

＊　＊　＊

当初接受聘书回台，心想的是离开多年，从没回家停留超过一个月，先回来一年陪陪父母也好。怎料一年后母亲就重病，仿佛冥冥之中，上天安排我回来送她这一程。若还在美国教书，那种两地相隔的焦虑与事后的遗憾，岂是我所能承担的？

在这过程中，我与父亲发生了不少龃龉与怨怼。

不能说他毫不尽责，只是他从不主动进母亲房间探视，甚至我在花莲上课时，他自顾外食，却让母亲扶着墙去电饭锅取出那热了一次又一次的剩菜。直到她不能动之前，母亲饭后还得自己收拾，洗涤碗盘。这一切看在眼里，让我不禁心痛：五十年的婚姻到底算什么呢？

跟病榻上的母亲数落父亲的不是，母亲却打断我，只说了句："不要这样，他还是你爸。"

我的内心当下何等惊讶与纠结。

没错，他还是我爸。

严格说来他不是一个坏父亲。早年母亲工作忙，大多时间是他照顾我，我艺术上的启蒙也得自于他。我年纪渐长，却见他对母亲只剩暴躁与冷漠。我越发懂事，越看清这个家都是母亲在辛苦支撑，照他艺术家不切实际与不按牌理的性格，一家人的生活潦倒可期。

记着母亲的话，我尝试把之前的不满与不平压下。如果母亲已经原谅他了，我是不是也该放下？母亲真的原谅他了吗？已成年的我，能置身于父母的婚姻问题之外吗？

带着困惑与悲伤，我曾努力试图让这个家不要因母亲的辞世而崩散。曾在母亲病榻前扬言，之后会搬出去，我会回美国去，却总在想起母亲的话时，发现自己做不到。因为她的遗书上还有叮咛："我在生病时你常常为我做饭，希望你以后可以继续为你爸做……"

像照顾她那样照顾父亲。

悲伤的我，曾默默在心里向天上的母亲，对她的遗愿做出了允诺。

* * *

但是父亲不需要我做饭。

一直无法理解，何以他如此痛恨在家吃饭？他可以早午晚三餐，餐餐在街上觅食。我也没那心情做饭。大约有半年时间，我都如行尸走肉，沉浸在不可自拔的哀伤里。直到有一天，我跟自己说，这样下去不行，得找件事让自己忙起来，才能脱离这低潮，于是我便去做了件的确忙死人的事。组了剧团，编导加制作我一人包揽，二〇〇三年推出了舞台剧，在台北"新舞台"。

近千人的剧场，票房压力极大，我花莲—台北两地跑，有两三个月与父亲见面甚少。首演很成功，第二天观众更多，开演前我到大厅招呼媒体，看见一个老者在那儿徘徊，是父亲。

"你怎么在这儿？"

"我在找卖票的地方。"

"昨天不是看过了？"

"我今天再来看一次。"

我说我还得回后台忙，然后对话就结束了。但是当我转过身，我知道，父亲在主动地向我释出善意，我没有任何再埋怨的理由。

接下来，过了几年父子相依为命也算愉快的时光，直到他开始没来由地对我表现极度的冷淡与厌烦。

原本认为，是因为那个来路不明的女人挑拨作梗。但后来发现，家人间的问题从没有简单的答案。也许，我与母亲性格的相似，几年的相处让他又不耐烦起来。或许他以为，终于可以自由恣意了。或除了我以外，他认为还有其他人可依靠，例如我哥。

事实证明，我不管他，谁管他？

或许，他知道我绝不会放他不管，就像他知道母亲是跑不掉的一样。

而我仅存的亲人也只有父亲了。如今看着他竟然，终于，每天都在家吃着印佣准备的三餐，我的感觉却是无奈与不忍。

* * *

扛着一箱葡胜纳，掏出钥匙开了门，走进父亲在母亲死后已宣誓独立的领土。

印佣看护与他皆在午睡。我呆立在静悄悄的房门口，突然感受到，母亲在这个地方已经被遗忘很久了。

即便在他身体还健朗的前几年，父亲也从来不会跟我提到任何与母亲有关的往事。从来没有这样一个时刻，父亲会对我突然语带怀念地说出："那时候你妈……"

没有。他从不曾流露过那样的感性，对于与他结发快五十年的亡妻。

近来，为了打破之前父子枯坐无言的状况，我总刻意要拿母亲作为话题："爸，你跟妈哪一年结婚的？"

"记不得。"父亲回答。

与父亲之间并未出现鸡同鸭讲，对话的当下，他的神智与逻辑还是清楚的。失智与失忆，是同一件事吗？不是都说，老人家新事记不住，旧事忘不了吗？还是顽固的父亲根本是有意识地拒绝回想？

"你们结婚纪念日是哪一天，记得吗？"我不放弃，继续想要唤起他的记忆。

这回他答对了，而且回答得很快："四月四号。"

不过就是这么简单的一个数字，却让我心中既惆怅，又同时难得地感受到一丝宽慰。

儿子与弟子

大学刚毕业时，我在报社工作。有一回我被派去访问著名建筑师李祖原先生，请他聊聊他的求学过程。他也是师大附中毕业的，这些背景资料我早就事先做好功课了。但另有些小事并不见于报社档案，只有自己了然于心，我在访问前便决定了不露声色。

"高中时我想要考建筑系，素描是很重要的术科考试项目。"李祖原先生说，"教我们美术的郭老师，义务帮我们几个想考建筑系的同学补习，大家的素描都拿了不错的分数。很感谢郭老师，现在不会有老师做这种事了吧？……"

很多年后我仍然清楚记得这一段。他不知道他所谈的这位老师就是我的父亲。我维持着"新闻专业"立场也不点破。

莫非潜意识里，我想对受访者进行一项私人测试？在那当下，测试的结果或许让我的嘴角曾闪过一瞬微笑。

父亲从高中老师到大学教授退休，真可谓桃李满天下，但对于这件事，从一个儿子的角度看，我其实心情颇复杂。"我有艺术，我有学生！"这是每当他与母亲争吵时经常会冒出的一句，多少带了骄傲的口气，宣示着他从婚姻与家庭里得不到的，他在艺术中与学生身上得到了。

心怀感谢的学生，从他们口中，我认识到了另一个父亲。他对学生既慷慨热情又风趣，更不用说他从欧洲刚留学回来那时，他的年轻、帅气、潇洒，让他早期的学生多年后仍津津乐道。郭老师是第一个教我们水彩不透明画法的老师！郭老师第一次让我们看见油画笔触可以这么长、这么有力！

这些话语一定曾让父亲心中充满了得意与温暖。

但学生不会永远围绕着老师，学生总是有所求，学生最后难免会变得势利，学生无情无义更不足为奇。竟有以前常来家里的学生，现在名气响亮，我上前自我介绍却换来她一句："我没有上过他的课。"

* * *

直到几年前，父亲仍有学生胜过家人的想法。

一位他指导的博士生在毕业前对他嘘寒问暖，又让他开心了，以致对我说出"他才更像我儿子"这样的话，令我气结。结果学生的博士学位拿到了，父亲画展闭幕请他来帮忙撤场，却临时不见人影——再也没有了人影。我为之心寒也心疼。

等自己也成为别人的老师，才懂得父亲为什么对学生总难说不。因为年轻的孩子让人感到希望，更不用说他／她若颇有资质或肯上进。

但我没有父亲的度量。

曾经，我的某个研究生毕业后四处放黑话，把我曾激励她作品更上一层楼的苦心完全辜负扭曲。学生要的不过就是学位，只想听到老师的赞赏，我为什么要那么认真地帮助她修改呢？每修改一次我就要再读一遍，我为什么要跟自己过不去呢？

应该学学其他的老师们，趁机抓到学生弱点，笼络庸才当成自己的子弟兵与打手，知道他们永远不会威胁到自己，多施小惠更实际，反而对出手甚高的年轻人得心存忌惮。

后来我看懂了台湾的这种师生伦理，在学院里早已成为泛滥的恶习。对此，我只会感受到挫败与愤怒，却仍然学不来。

我更理解了父亲晚年总被学生欺压的无言落寞。

* * *

当父亲从任教三十年的教授岗位上退休，全系同事几乎都曾是父亲教过的学生，最后竟连一场荣退欢送宴都没有。为此母亲把学生辈的系主任叫来痛骂一顿，做学生的竟也嬉皮笑脸赔不是，补办了聚餐。我听说此事，不得不佩服母亲的正直刚烈，她一直是这个家的真正支柱。

只是，让我惊讶的是，在家里总要与母亲斤斤计较，一步也不让的父亲，却总能吞忍得下他那些得意弟子们对他的不敬？

跟学生之间的那个分际原来如此难以拿捏。我多害怕自己也重蹈了父亲的覆辙，正如英语谚语所说的，Familiarity breeds contempt（亲近生慢侮）。于是我总提醒自己，我的角色就像是守在路边的一块站牌，等待着年轻孩子的到来与经过，可以暂时让他们不会有迷路的恐慌，等他们上路后，我便安然地继续凝视着前方，如此而已。

我从没听过父亲对他的那些弟子们有过任何埋怨，却在晚年对我诸般不满。那在父亲心里，儿子与弟子的差别到底在哪里？

就像《李尔王》中那个关心父亲但嘴笨的小女儿。我从不曾像他的学生们，当有需要的时候，非常懂得如何讨好老师。

我却不懂得讨好父亲。以为自立无所求，让父亲以我的成就为荣，才是对父亲的最好回报。

我误会了。

或许父亲需要的只是有人讨好，即使一再被骗、受害。

再也没有母亲当他的守护神了，我也被多年隔离在他的生活之外。而偏偏母亲与我都是那个嘴硬心软的。

流 离

　　父亲离家求学前的名字叫中立，后来又改名君逖。还有没有别的名字？我不知道。改名的背后一定有一些故事，但是父亲从不曾跟我们提过。

　　他有一天突然说他是属老虎的，我以为他脑筋糊涂到记不得自己的生肖。按照他的身份证记载，他是兔年出生，但从小一直听他说那是错的，他属龙。但是母亲又会说，结婚时他说自己属小龙，后来才懂那是蛇。反正他的生年一直是个谜。

　　但属虎的出现着实莫名其妙。我几次又再考他：你属什么的？答案都很确定，属老虎。

虽然日常生活里有些事他搞不清了，但问起祖父母的名字、曾爷爷的名字，还有曾爷爷讨了几房，他都能正确回答。我不得不开始相信，他真的是属虎。

也就是说，连我的母亲在内，大家都被蒙了。瞒了快一辈子，父亲这时却因为开始失忆，忘了之前的说辞。

或是说，终于他觉得说出实情已不再有顾虑。

问过其他朋友，他们的父亲来台的，也常会出现出生年错误。因为只身来台，离家都早，从军吃粮有年龄限制，报大报小都有，之后再没有其他亲友在身边帮忙推算或指正，索性一辈子将错就错。

但父亲不是军人，他的理由又是什么？

属虎就属虎吧，我不想再逼问，硬要他承认之前说谎已经没有意义了。只是感叹，因为政治的因素，让他们这一生都难掩失根的悲凉。对他们来说，这些无非一次次在造成他们精神上与心理上的威胁。他们不断在身份的光谱上仓皇移动位子，距离自己真实的身份越来越远。

以我父亲来说，他很少提起家乡，如今被我发现连生年与名字都不知道更改过几次，很像是一种当事人都无自觉的心理问题。

在美国念书的时候，接触到一些父母是犹太屠杀幸存者的朋友，谈起他们家庭里的种种问题，很多都认为是跟那场战祸浩劫有关。那时候我还年轻，心想这些犹太佬太爱牵拖了，还曾暗自嘲笑西方人过度迷信心理医生那一套。

中年后的我才越发开始了解，凡经过的必留下痕迹，不是这批老外省人特别坚强，而是他们想要求助也无门。没有任何精神研究对他们这一生——从逃日本人到逃白色恐怖、逃被标签化——所经历的创伤症候群感兴趣。

我的父母亲都有他们的阴暗面，这是我年纪越长越确定的事。

小时候，曾听母亲说起刚结婚时，父亲夜里常会做噩梦。我在念小学一年级时，有次父亲被教育部门派去巴西开会，没想到之后一个月毫无音讯。那时电信不发达，连教育部门都找不到人。事后才知只是父亲懒于报备，但我犹记母亲夜里带着我去找通晓葡萄牙语的神父，请问如何向巴西发电报，她说到心急处便哭了。

我在外求学趁放假回台，陪他们出门坐出租车，总会听到母亲再三警告父亲，上车后别跟司机聊政治。

到现在我才后悔，年轻的我，在台湾出生长大的我，之前对那些逃难的故事没有多大兴趣。显然他们也是做过判断后才决定的，认为那些不安与恐惧，不说或许对我比较好。

再也无法指认的那些阴影，却依然从他们的人生、婚姻、家庭，继续飘飘荡荡在我不快乐的记忆里。

* * *

这些年才终于看见，遗弃与被遗弃，竟是在我原生家庭中一直轮番上演的梦魇。我的基因里，早已存在着这种惘惘的威胁。只不过，之前一直没有意识到，父亲其实也是被遗弃的受害者。

我的爷爷算是民初的新派人物，喜踢足球，做过中学校长，但是三十出头就过世了。父亲后来也说不清爷爷死于什么病症，猜说可能是胃癌。这无疑说明了他从小与爷爷不亲，常遭打，所以看到自己父亲总是躲得远远的。

直到最近我企图让父亲努力回想往事，以免脑袋退化太快，他才无意间说出奶奶是不识字的。"新派的爷爷对自己的婚姻一定不甚满意吧？"我猜。

失怙后的父亲，与没受过教育的寡母弟妹相依为命，他的教养重任便落在了老爷爷——我的曾祖父肩上。据我所知，中学时的父亲曾一度被送到东北的亲戚家学习药材生意。这是怎么回事？

老爷爷不是早发现他有绘画天分，还特请老友收他入门习画吗？

老爷爷连娶三房续弦都病殁，最后一任则让他老来又添一子，只比我父亲大一岁。

"我的小叔叔跟我每天早上比谁起得早……我们在学校念同班，我的演讲比他厉害……他会故意关掉我的闹钟，偷偷先去上学……"

父亲无意间从回忆中捞起的碎片，让我突然间想通了。

那个没爹的孩子，当时一定急切地想要争取爷爷的宠爱。孩子间的打闹开始变质，暗地里的心机角力让叔侄整日吵闹不休。老爷爷心疼的，到底还是自己的小儿子，为阻止这样继续恶化，只能决定把父亲送走……

难道这就是父亲来到台湾后并未打听过家乡消息的原因？

❋ ❋ ❋

父亲的生辰换作西洋历，应是落在十一月。但旧时代的人常常搞不清自己正确的生日，他们的父母甚至常听信算命之说，擅自更改了子女的生辰。

有一位懂星座的朋友，听我谈起我爸的种种后，帮我推算，认为他应该是十月的天蝎座。我问她为什么？

"因为天蝎座从不轻易表露心思，总藏着许多秘密。"朋友说。

不管是星座的宿命使然，还是从小没有安全感所形成的人格，父亲在我学成归来后，再不复往日与我的频繁互动，我似乎也有了某种答案。

同样进入大学任教的我，是否唤醒了他对他小叔叔的记忆？

一厢情愿的幸福

读到某人的自传作品中关于成长的痛苦，贫穷的阴影，父亲的嗜赌、家暴，种种创伤至今仍让作者难以平复。那些不堪读来很真实，走过夜市菜场都看得见那样的家庭在社会底层挣扎，说自己一心想要脱离那样的家，外人不难理解。

有些生命的阴影可以反复诉说，只需直白陈述，冤有头，债有主，几个词如贫穷、失学、家暴、凌虐就可让人不忍，控诉都能斑斑举证，不必对家人于心有愧。

但太多并非见骨见血的阴影，幽幽地在潜意识中如偶尔的失眠，说不出确实的来龙去脉，你只求赶快能够入睡，因为第二天醒来好像一切会没事。

大家看你的家庭也都很好，你没有抱怨的理由。

"幸福的家庭都是相似的，不幸的家庭各有各的不幸。"

这是托尔斯泰《安娜·卡列尼娜》的开场语。托翁这句"都是相似的"是神来之笔，我一直怀疑这是文豪的反话，讽刺世人所谓的幸福有固定模式。

大多数人对"家"的认知多么刻板。幸福与不幸福的家庭，好像我们外人一眼都能看穿。

幸福这字眼太抽象了，所以才让人类摆脱不了羡慕与忌妒，总有不满与猜疑。就连对成功的定义，我们都对年轻人倡导它多元的标准了，但对于家庭，目前为止绝大多数人还是认为，"一定要幸福"是家庭存在的终极理由。

世界上有哪些事是想成功就一定会如愿呢？

对于家庭这档事，我们却能够非常坚定地一厢情愿下去。

可不可以说，成家是为了学习人与人相处的进阶挑战？家庭除了保护与养育以外，提供更多的是对人性的观察与理解呢？

只要讲到家，从小我们接触到的都是感情化的字眼。爱、温暖、幸福、安全感。难道家人之间只需靠感情，而不必用到理性判断与客观智慧？

不，学校社会都不会跟我们说这样的实话。无怪乎，到最后"幸福家庭"都只有一个样子。

对某些人来说，家庭带来精神上不同等级与形式的暴力，且总夹杂在也许更多是属于和乐融融的记忆之中，让人无法察觉。

到底有什么健康安全的管道，让人能抒发，甚或理解那些挥之不去、看似庸人自扰的不幸福记忆呢？

* * *

对待一个经历外遇后破碎的家庭，托尔斯泰便用了这样的长篇大论。一般人又怎能说得清相对没那么严重，却已在人格中造成死角的琐碎伤痛？

专业的心理医生也只能由你的转述推断。你说你悲伤，你说你愤怒，语言也在无形中导引或限制了你的理解，也许你真正的情绪是恐惧呢？

我在三十岁时也看过两年的心理医生，人在纽约，用的是英语，反而助我跳开了从小教养所带来的反射性描述。即便是靠文字吃饭的我，至今却仍在摸索着，要用什么文字去描述我的家庭。

毕竟，极度的悲惨与人人称羡的幸福都是少数，说不出口的缺憾与选择性的遗忘，才是大多数人成长的过程。

我们都可以把失恋翻来覆去说得巨细靡遗，但对于从家人那儿得不到的、遭背叛的，或被误解的情感，却总陷入失语的境地。

* * *

孩童们都具有一种小动物般的忠诚。在他们很小的时候，父母是他们的一切。有时在街上或饭馆里，会看见某个母亲近乎歇斯底里地责骂小孩，小孩这一会儿被骂得泪眼汪汪，下一刻却又拉着母亲的裙角讨好地磨蹭。

我宁愿相信那是上天的一种恩赐，让他们曾经有那么一段时光对"父母"与"家"深信不疑，而并非由于他们天生便现实地知道，如何求取衣食庇护。

有些父母却辜负了孩子这样的信任。新闻中的那些父母，有携着幼儿自杀的，有贪打游戏而把孩子活活饿死的，还有还有，让教友虐死谓之驱魔的，读得我一边背脊发凉，一边眼眶灼热。

记得自己也曾有过那样无疑无惧的忠诚期，很快便会忘记父母间发生过的争吵，一旦牵着他们的手上西门町吃馆子，我又觉得可以放心，类似的争吵一定不会再发生了。

我怀念那样的自己。

还不懂得冷眼旁观，总是焦急难过地跟着在旁边哭，或躲得远远地，告诉自己我是好小孩，父母不会不要我……但是，不也就是因为孩子对父母完全的信任，才让许多在婚姻里滞困、冲突、煎熬的父母，决定为了孩子再忍一忍？

报纸翻页，却又会看见另一种新闻，关于子女的劣行。好吃懒做的啃老族为了几千块把父母砍死的，自己偷偷搬走让老父老母被房东赶出家门的，也有老病的父母被子孙弃之不理，死了几天都没被发现的。

这种逆伦又是怎么回事？这些子女怎么会这么残忍？仍是童稚时的那一点点孺慕与忠诚，怎会走到了荡然无存的这一步？是因为做父母的少做了什么？做错了什么？还是说，该怪这些父母为什么不懂得保护自己，为什么这么不自立？有这样的子女，就早该躲得远远的，难道还真以为他们哪天会良心发现？

或许就只是因为，孩子不会永远是孩子，曾经那种无邪的忠诚会消失。好像在他们年幼时被装置的某个芯片软件，突然某天就到期失效了。他们不再是你一手养大的子女，他们现在的身份叫作"陌生人"。

* * *

事实上，很多家庭里都会有这样的陌生人存在。有可能是家中任何一分子。一旦忠诚与信任消失，即使结发，纵使骨肉，都不过是陌生人。

偏偏跟这些陌生人，我们还要在一个屋檐底下生活，想要脱离还得经过法院程序。听多了那些教育专家开口闭口谈爱与关心、体谅与沟通，有时真想反问，如果对方连对这几个字的理解都跟你不同呢？我们岂会跟街上的陌生人讨论彼此该如何体谅与沟通？

如果不是陌生人，怎么会在相守五十年的老伴癌末临终前对她咆哮：我是你的老男工吗？每天照顾一个病人快烦死了，这是什么鬼日子？

如果不是陌生人，怎么会在自己父亲正需要照护关心时，就带着他去银行谎称定存单遗失，然后把钱偷偷领走？

四十岁后的我才开始学习适应家有陌生人。

当他们是陌生人，就不会有无谓的恨或期待。对他们付出同情与关心，才会不求回报。因为是陌生人，才能等待彼此有重新认识与接纳的机会。纪德曾这样写道："对于与自己不同的人才需要有爱……"

但爱与体谅太伟大了，我只能先把发生过的从记忆中洗掉。像是一切先暂时归零，而不再陷入反复的情绪纠葛。

家人未必是最熟悉的人，我是说真的。

偿还

很多人猜我是独子。

独子有什么特征我不知道。事实上大我十岁的哥哥,在我小学三年级时已大一,念的是成大,只有寒暑假见得到他。当兵两年也不在家,退伍半年后就留学念书了,在美国成家立业后,见面的次数更少了。我在纽约念书的十年,他被公司外派,反而大多数时间在亚洲跑。

想想我好像也真的跟独子没两样,这个哥哥在家里的时间何其短。他是一个外向好动的人。我没机会看到他更小的时候,听父母说就是顶顽皮。对他的印象大多是他高中阶段,尤其是大学联考前，每天晚上念书都要煮一包生力面加蛋当消夜。那时候生力面还是新鲜玩意儿，闻到那味道大家都会嘴馋。吃完了一整箱生力面，两个月后他落榜了。

接着去念补习班准备重考，母亲不定时去查勤，他总逃课被逮到。不知道是我娘会念紧箍咒还是他运气太背，初中抽烟在巷口就被母亲撞见，偷钱也一定马上被发现，和巷子里的小太保赌钱，人家竟然还找上门来要债。

他只是调皮不用功，其实头脑很好。重考前跟父母约定，如果他能上大学，他想要一套四声道立体音响，果然如愿。

有一个念大学的哥哥，对我那个年纪的孩子来说，怎会不觉得既兴奋又骄傲呢？寒暑假来临，我会盼望着他的出现，虽然从小他与我并不算亲近。我还记得他读高中时，总是童心未泯，爱跟邻家还在读小学的孩子们玩弹珠、赌圆牌，我只能在一旁默默看着。有一回，他跟那群孩子玩起"宇宙飞船"（把他们抱起来在空中转圈圈），我却等了半天也没我的份。事后，母亲看到了，用命令的口气对我哥说："抱你弟弟也玩一下！"我不知道，这样是不是只会让他更讨厌我？

他大学毕业，一家人兴冲冲南下为他庆祝。结果典礼当天一早，我们在旅馆里左等右等没见着人，然后有一个学弟出现了，说我哥爬不起床，要他先来接我们。

退伍了，父亲托了关系介绍学土木工程的他去一家建设公司。三个月后他就辞职不干了，说看不惯那位富二代的作威作福，执意要留学。多年后听母亲说起，当时家里没钱，只好办留学贷款，然后银行里所有的现金全给他带上了飞机。那时候觉得自己还年轻，母亲说，都不知道没存款其实是很可怕的。

一年半后，他还没毕业就要结婚，母亲说你答应要还留学贷款的，这样子你以后还会还吗？这回母亲也悍了，结不结婚都要还钱。从此母子两人的关系恶化。

我和他在美国只碰过一次面，第一次听他亲口说出了心里的怨怼："我毕业找到工作，搬到得州的时候身上只有六百块！老妈就是偏心你。你从来都没挨过打，老妈动不动就打我，脾气最坏的就是她！为什么我念新墨西哥大学，你念的是 NYU（纽约大学）？"然后还有一堆零零碎碎的抱怨："为什么全家看电影总要我去排队买票？为什么外公住院要我去病房打地铺？为什么……"

"我工作了三年才留学的。"我说，"我们相差十岁，整个环境变化太大了，不能这么比。老妈真偏心吗？老爸在外，她半工半读给你念私立小学，家里还请了用人照顾你。以我们家的条件，那时候根本没法供你留学的。老妈对你付出的，都是超过当时能力所及的。而我留学对他们来说，已经不是负担了。你觉得老妈在你身上用的心还少？"

那时候他已经四十了。一直到母亲过世前，他从未邀两位老人家去过他在美国的家。我们没有人进过他家的门。

原是独子的他，因为父亲多年不在身边，想必曾遭受过奚落嘲笑。好不容易父亲回来了，却多了一个我，必然造成他心态的不平衡。都怪我好了，没有我的话，他这一生不会活得这么愤恨。

他哪里知道，我顶替他独子的角色后，要承担所有他前面留下的疮疤。

在瞻仰母亲遗容的时候，他脱口说了句："怎么瘦成那样？"

他哪里会知道，陪伴父母病老死，是比留学贷款更沉重的偿还呢？

* * *

那回很意外地，在一家小 Pub（酒吧）里碰到了我哥的一位朋友。我跟她并不熟，但知道我哥曾投资过她的餐厅，而且曾经在母亲生日时，看见她送来的一盆豪华的花卉。

在酒精的催化下，她那天说了很多。"你哥一直认为你妈妈偏心。"这是她的开场白。只要是我哥的朋友，大概没人没有听过他的这套抱怨。他的哥儿们，有次见到我时根本把这事当成了一个笑话："你就是郭巴的弟弟？郭巴说你妈比较喜欢你，嘿嘿——"

但是这位女士说这话时的语气却明显不同。"他一直认为自己是长子，却没有得到长子的地位。我总是反问他，那你这个长子又为家里做了什么？"

我记得我哥大学一毕业便曾提出"长子"的要求——家里的房子应该放在他名下。父母当时都很诧异他是不是交了什么坏朋友，怎么会有这种想法？

我不作声，继续听她说下去。

"我一直想要开导他，但是没办法。我跟他说，如果你弟是那种游手好闲、吃喝嫖赌的人，你母亲还袒护他，那才叫偏心。可是你弟把他该做的都做了，而这里面哪一样你做到了呢？你有好好念书吗？有陪在她身边吗？有试图让母亲开心吗？他总是说，我的个性就是这样……"

我的个性就是这样，这句话真是好用。当时我心里不免这样想。

其实我的个性也不太好呢，跟母亲总会发生口角，但是我们都知道，那是试图让彼此了解自己的想法，试图沟通而已。比起争执，冷漠才更伤人吧？

"我那时就教他，每次回家看父母的时候，一定带份小礼物，小扣花啦，丝巾什么的，你妈妈一定会喜欢的……"

我想起来了，确实某年圣诞节母亲有收到过我哥这样一份礼物。也就那么一次。我之所以会有印象，是因为之前他从没买过礼物，连请家人吃顿饭都没有过。有一年母亲节，我那时还在写博士论文，抽空回台，正巧他也在，我提议我们合请爸妈去吃一顿高档的母亲节特餐，等看到账单时，他拉下脸不肯付钱。

听到对方提到小扣花和丝巾，随即一个念头闪过我脑海：那并不是我哥买的！是她，她帮他准备好的——

"你妈妈过世后，他也很难过，但是我猜，他不想让你们知道，他这个人就是这样子——"

我这时才想起来要问她："你跟我哥多久没见了？"

"噢，有一段时候没联络了。"她淡淡地带过，不想谈她自己。我之前还一度以为她是想打听关于我哥的什么事，才对我释出这么多善意。没想到，她真的只是希望我们兄弟间能多一些了解而已。但这事为什么会让她挂心呢？

临走前她说："现在就剩你们两兄弟和你父亲了，你们应该要多多照顾彼此。"

这些话不是应该出自另一个女人才对吗？应该是我叫嫂嫂的那个人。但是我们两家实在是太不熟了。

之后再也没见到过那位女士，在小 Pub 那晚的对话几乎像是一场梦。直到两年前那次父亲开刀，我才又想到她。

医师要我办出院那天正逢周六，全部自费手术的账单还没看到，我担心自己信用卡所剩额度不够，银行又没开，ATM 只能领十万……只好问来探病的我哥一声："你那边有多少？"

我没钱！

他回答得十分干脆，一如他坚称的本性难移。

哥哥过世后的这些日子，我仍不时会回想起他这些着实让人难以理解的行径。每个人真的都有所谓的本性难移吗？本性，那又是什么东西？如果我和他的长幼顺序调换，我还是今天的我吗？

哥哥与母亲，他们最后在天国相会了吗？

有一天我们都会老

周日印佣休假，父亲的看护工作由我接手，没有旁人能代劳。虽然父亲行动仍自如，在药物的控制下，失智情况没有明显恶化，但我还是不敢疏忽。父亲的话越说越少，得从他表情中判断各种需求，然后猜测、模拟如何应对。

有一天他突然没头没脑问了一句："那个老蒋后来去台湾了吗？"当场把我吓坏了，结果观察了几周，没有原以为的严重，他还能认得电视上的成龙与林青霞。

有人二十四小时在身边，加上我几乎每隔一天就回家去跟他说说话，让父亲对事物的反应比起几个月前有了明显进步。高血压与糖尿病的药早晚按时吃，指数也都维持正常，最让人费心的现在就只剩他不肯吃饭这桩事。每次一问，永远回答"吃过了"。

趁好天气带他去吃小火锅，他把肉片嚼过后全吐了出来。看着一盘子肉渣，问他为何不咽，因为怕他听不见，不免大声了点，立刻引来隔壁桌年轻情侣责备的眼光。小女生提醒我，也许阿公食道有问题哦，她阿妈就是那样。我只好很委屈地解释，他早餐还吃了汉堡，他以前从来没有这样。

结果是，这样的行为之后再也没发生。新的情况变成他一餐饭会吃上两个钟头，大半时间闭目打坐，想到才挑一筷子。

我渐渐抓到了诀窍，照顾老人就是要一个"慢"字。有话慢慢说，说快了他就不理你。散步慢慢走，走快了他就要回家。吃饭当然也得慢慢来。当我把整个周日都设定在空档，一副不需要做任何事的状态，我与他的频率就慢慢开始接近了。半年多来，我的生活里也因此多了许多无所事事的周日。

一开始会觉得整天啥也没做很不安，但是习惯以后发现，这不就是陪伴的真正意思吗？

在大陆工作的友人短暂回台采视，发现他大哥请的看护做菜超难吃。这位朋友的大哥离婚后，又搬回家与母亲同住，请了看护之后几乎很少待在家里，朋友担心是否因此才不知看护不适任？大哥自己完全不会做菜，无从教导看护，该怎么办？

我可以想象这个婚前由母亲照顾、婚后由妻子打理一切的男人，如今面对的是一个他完全无力处理的状况。如果再多说他两句，他搞不好会发疯。提醒老友，如果他哥回一句"那你把妈接去"，那他如何打算？

想起之前看过的一部法国片《春日光景》，让我觉得比另一部同讲老人问题的《爱慕》更令人心痛。

片中罹癌的老妇，有个甫出狱且失业，又搬回去与他同住的中年儿子。儿子眼高手低，始终无法自谋生活。老母自己搭巴士就医不敢劳驾，唠叨几句还会遭儿子暴怒对呛。一回儿子甚至对老母作势举拳，老母见苗头不对立刻抱头，原来儿子已成了他爸的翻版，之前她不知被丈夫家暴了多少年。

癌症扩散，老妇决定前往瑞士寻求安乐死，儿子看母亲意志坚定也未阻挠。等待药效发作的最后短短几分钟，做母亲的紧拥儿子痛哭不舍。

电影的最后一个镜头，是这个男人独坐在空旷室外的一把长椅上，没有号恸或悲愁。一个对自己的生活都无法负责的人，那一刻到底在想什么呢？

常听同辈朋友们说："老了自己好好过，不靠儿女。但是万一儿女继续啃老呢？"

人无远虑，必有近忧。没想到我这些年单身过活养出的家事本领，如今竟全派上了用场，特别是教会了家中印佣那一道道家常菜。

有一天我也会老。

现在的我，因为照护父亲，也开始在认识关于衰老这个感伤、神秘却又平静的过程。

所有老死的过程都只能一个人走，其实与家人已无关。光是嘴上说不靠儿女是不够的，还得教育他们别把事情弄得更糟才行。

霜
降

青 春 让 人 惆 怅

相逢不恨晚

我常自问，母亲在世时，究竟有哪些让她快乐的事？

我指的不是以子女和家庭的幸福为己任的那种快乐。许多做子女的大概都没想过，父母们在年轻时曾拥有的某些快乐，有多少后来在儿女面前都隐藏了？或是被生活磨损到再也提不起同样的兴致了？

合家团圆、子女功成名就之类的，也不过是父母人生后来仅剩的安慰，要说那就是父母的快乐，未免太以自我为中心。

一九七八年若不是白光复出登台，我可能永远没机会目睹，母亲又拥有了那种少女般的快乐。

早就销声匿迹的一代妖姬，那年突然又在台现身了。

先是在高雄蓝宝石，然后到了台北的中信歌厅演出一周。我陪母亲去看了首演，不知为何父亲就是没陪她去，然后她单独又去捧了几天的场。每场看完，她都要描述一遍白光当天的打扮还有曲目。然后我又要听她说一遍为什么她那么喜欢白光。

十岁的母亲看的第一部电影就是白光主演的《十三号凶宅》，从此就迷上了这位连张爱玲、白先勇的文章中都出现过的影坛皇后。什么胡蝶、周璇，母亲都不喜欢，就喜欢白光那种大胆又洋派的慵懒与性感。之后她主演的每部电影母亲必看，连刚逃出沦陷的故乡暂居香港，听说白光下嫁美国飞行员白毛，要举行息影前的告别演唱，这个母亲也没错过。细数这些往事，总还不忘插播这一则：

"第一次看电影是你外公带我去的，演完灯光亮起，我问那等一下要演什么，你外公说还是演刚才那部啊，我好土哦，怎么都想不通，为什么还要再演一次？大家不是都看过了吗？哈哈哈——"

记得那一晚与母亲坐在台下，主角即将出场，在幕后先声夺人唱出了招牌曲："相见不恨晚——"第一句就走音了，全场还是掌声雷动。母亲跟我做了个鬼脸，掩不住翘首以待的欣狂。

"天荒地寒，世情冷暖，我受不住这寂寞孤单……"

偶像终于出现在面前了，一袭水蓝礼服，嗓门很大。母亲笑得忘我。那一刻，四十出头的母亲与近六十的白光，仿佛都回到了那年，一代妖姬在香港随片登台……

唱到第三段"你正青春，他还少年"，这时母亲突然附耳对我说："歌词改了，原来的歌词是'我正青春，你还少年'……"

不知为何，这桩小事至今令我难以忘怀。母亲话中似乎还有些什么意思，当年才初二的我，不能完全懂得。改了几个字而已不是吗？为什么让母亲这么耿耿于怀？

多年后才明白，"你"正青春这一字之差，让母亲惆怅了。

我相信曾有个瞬间，母亲看到的不是那位体态圆滚、歌喉勉强的白光，而是十七岁的她印象中那位柳腰长发的妖冶尤物。

但是连白光都承认老了，"我正青春"已唱不出口。改过的歌词，就这样刺进了母亲心里。

还能被父亲带去看电影的童年，暗恋着妖姬的青春期，梦幻着未来的那个新娘……都过去了……过去了……

想象着接下来几天，一个人坐在台下的母亲，不会被现实打扰，老公小孩都不必在旁，只有她和她的白光就好。

我甚至感觉，台下婚姻与人生并不顺遂的白光，给母亲带来了某种力量。她们都一起走过了那些颠沛流离，有何秘密的心事，母亲只愿静静在内心对着偶像倾吐。

那年白光的复出的确轰动，但是如今我上维基百科想确认一下当初演出的月份，却发现网页上对此只字未提。

我记得，那应该是春天时的事。

过眼云烟

我只见过大舅一面，是在我上小学四年级的时候。但是他早年那一段轰轰烈烈的师生恋，以及日后女作家以此为题材的成名作《窗外》，却早已是我熟悉的。

这位大舅当年因师生恋被二女中（现今中山女中）解聘后，又遭一纸教育局公文勒令不得于台北任何公立学校任职，只好到了南部乡下的职业学校混饭吃。他一蹶不振，听说还酗酒。女作家虚构出的小说结局，竟在十年后与事实不谋而合。

而那次见面，是因为母亲决定下高雄去"走亲戚"。从湖南家乡到了台湾的亲戚们很多是军职，都住在凤山左营一带。我与父母南下探亲也就只有那一次，一堆以前听过却没见过的舅舅、舅妈、叔叔、公公让人眼花缭乱，但我印象深刻的只有大舅。

大人们围坐在客厅里话家常，我搬了张小板凳坐在角落，有点不知所措。对我而言，他们是那么陌生，但是他们却那么开心地从各地赶来一聚。只有大舅没怎么说话。默默抽着烟的他，朝我打量了几眼，然后用湖南话说道："这个小孩子很会察言观色。"

我听不懂，反问那是什么意思。

他笑起来："你很注意大人们在做什么。"

这就是我与我这位为情字断送一生的大舅唯一的交谈。几年后他就因长年喝劣质米酒，肝硬化早逝。

当年匆匆一眼，他送了我察言观色四个字，多年后想起来总觉得颇有玄机。一眼就把我看穿了的他，好像还有什么话要说，却欲言又止。当时的他比现在的我还要年轻许多，想必也是个多情灵通之人。据说懂得命理的他曾说，那个女学生是他逃不掉的一劫。我的大半生也快过去了，他对十岁的我下的批注，证明果真也是我逃不过的宿命。

那次的南下，另有一事让我无法忘怀。至今还清楚记得我们那几天住在高雄一家叫"秀山园"的旅社。返家后没两天，就在电视新闻上看到高雄秀山园旅社大火的画面，那里全被烧掉了。当年只觉得侥幸逃过一劫，后来才发现那似乎早已是个隐喻。

别说南部的亲友不知曾几何时就再也没有当年的热络，北部的一些亲友也随着各自生活的改变渐行渐远。二十几岁时，我不懂人与人之间为什么常常就会突然冷淡了。如今才了解，聚散的背后是因为太多事不想多提，不愿回顾，宁愿就此搁置。而或许更多的时候，相见争如不见。

大三那年，父亲年轻时的好友，终于在移民巴西二十多年后首次返回了。那也是我第一次看到父母与他们少时的朋友久别重逢。相识时他们都刚结婚，才二十出头，却已经开始养家糊口，一眨眼后都已早生华发。那位伯伯回忆着往事，有点激动地对我说："你妈妈那时还是个梳着两条辫子的小姑娘，好可爱，总是开开心心地在哼着歌……"

而眼下他看到的是第一次罹癌化疗刚结束的母亲，跟他印象中那个活泼少女相差已不知凡几。而我听到这话的当下，心头一震：他口中这样的母亲，我从来不曾见过。

不管是家人，还是老友，也都只能蜻蜓点水般匆匆来去。母亲过世前三个月，意外接到电话留言，早年非常要好的一位女同事，也在移民美国多年后回来了。看得出母亲为此心情起伏，重病的她想见却不敢见，最后只好用传真回复，只说自己在养病。

也许母亲心里还是默默在期待着什么，结果只接到另一通回话——会联络，因为在做直销，如果她在生病的话，那就算了。

一段琴

　　我在初高中的时候，都碰上了学期中要来办一个才艺表演的音乐老师。

　　音乐课从不是大家在意的科目。男生那时都在变声期，音乐教室里传出的歌声更是五花八门，总夹杂了奇怪的走音或念经似的低八度。老师很敬业，不怕春风唤不回，觉得才艺表演多少可以让这些男生沾上一点艺术文化的边。

　　我仍记得自己搬出了什么样的才艺表演：唱京戏。

　　真要问我对京戏有什么高深的素养或热爱，其实也没有，只不过小时候耳濡目染，听多了也会跟着哼哼几句罢了。电视频道上现在已极少见到京剧的节目了，但我想，那也曾是许多外省小孩的集体回忆吧？

我这一辈人大概都还记得，小时候每年春节电视上的特别节目里，都会有一出《五花洞》《荷珠配》之类的热闹戏，让非京剧科班的艺人来票戏，在当时也是很有收视率的综艺形态。

这几年遇见过几个本省的前辈老学者，很惊讶他们对京剧也是有涉猎的。他们原来早就知道梅兰芳，且顾家班在永乐町剧院的演出也曾风靡本省的士绅名流间。

也许对老一辈人来说，在还没有流行文化之说的年代，京剧很像我们今天的流行音乐。名角儿不分东西南北，好听的就朗朗上口。正如同时下年轻人也会喜欢韩国偶像，看大陆选秀节目，也学唱张学友的粤语情歌。当年电影巨星李丽华粉墨登场演出《拾玉镯》，造成一票难求的轰动场面，我那时年纪虽小，却仍对此事有深刻的印象，跟今天江蕙开演唱会的火爆场面不相上下。

* * *

外祖父在八十几岁时突然迷上了票戏。每周二的下午，都会有一位胡琴琴师来到外祖父居住的日式台大宿舍。

琴师到府，现在想起来，简直就是一种移动式的卡拉 OK。

也许只是形式与技术不同，总要抓住一些旋律回味再三，却是共通的人类情感。现在我才懂得，在外祖父唱起那些二黄原板、西皮快板的时候，也许就像我唱出了一曲凤飞飞、邓丽君，都是点滴的过往在心头。

我的父母原来都不懂戏的，但是为了陪外祖父逍遥助兴，他们去中华商场买回一堆京剧唱片开始苦练。（啊，凤鸣唱片、女王唱片……谁还能像我一样记得那些封套包装？）母亲甚至练起了老生戏让外祖父开心。曾经向四大须生之一的余叔岩当面讨教过的外祖父，总能对母亲的唱腔板眼指点督促。

我就是这样片片段段听熟了那些唱段。《捉放曹》《珠帘寨》《托兆碰碑》《搜孤救孤》……母亲除了余派，也拿手言派（菊朋）的《让徐州》和《贺后骂殿》。我的书派戏可是经过外祖父认证的，很有点韵味。

* * *

老人家爱唱戏的那几年里，他们父女间多年的紧张关系解除了，印象中一家人难得的出现和乐融融的场面。八十几岁嗓子早就暗哑的外祖父，能将每段戏词都牢记不忘，对每个板眼都一丝不苟，仿佛是对生命热爱的一种表达。

如今这个家，只剩下我与父亲经常无语对坐。直到有一天，我突然灵机一动，拿出手机，上网找到了 YouTube 的京剧影片。总是无精打采的父亲，突然眼睛亮了起来，捧着我的手机，边看边露出孩童般无忧的微笑……他甚至还记得一些唱段，听到陶醉处也会忍不住跟着哼唱起来……

在手机播放出的胡琴声中，我仿佛又看到了那个有点少年老成的自己。

不管别的同学怎么搞笑，我拿出了在卡拉 OK 都尚未问世的年代，琴师帮我事先录下的胡琴伴奏卡带，请老师放进了录音机。

消失的圣诞树

童年记忆中每到十二月，客厅里便会出现一棵灯光闪烁的圣诞树，与供奉的菩萨互相辉映。

母亲曾就读教会小学，父亲也留欧数年，或许对他们来说，圣诞树并不具宗教含义，而是召唤着人生中某一段的美好。

家庭相簿中的黑白照片记录着三十郎当岁的父母，在十几坪仄狭的老家中办过的一场圣诞舞会。那么年轻的父母，如此阳春的舞会。照推算，我那时不过三岁，奇怪的是，我对这场舞会竟有印象……

某年，有人送给父母两张新加坡舞厅的圣诞夜舞会入场券。等我次日醒来，发现用五颜六色的彩纸做成的皇冠后杖与仙棒气球，丢了一屋子。父母肯定去了一个有魔法的地方，我想，因为他们看起来十分开心。原来前晚的摸彩，母亲还抽中了派克金笔一对。

父母偎拥起舞的画面我从没见过，只能全凭想象，在脑海中留住了他们年轻浪漫的舞姿……

第一次吃到火鸡餐，是在台北馆前路上已拆除的中国大饭店。父亲从香港来的老友请我们过节，只记得火鸡肉硬邦邦的不怎么好吃。离开饭店时，隔壁的 YMCA（基督教青年会）正在办派对，进进出出都是外国学生。

初二那年的平安夜，父亲去韩国开会，哥哥在南部念书，只有我与母亲二人。我们还是装起了圣诞树，母亲还心血来潮地买了一张收录圣诞歌的唱片。对于家中圣诞树的印象，不知为何在此戛然中止。

多么希望快乐的记忆在此永远定格就好。

次年的十二月十六日，中美建交。年底哥哥准备负笈美国。尽管家中经济条件并不优渥，父母还是贷款把儿子送了出去。我常在想，那年登上飞机的留学生中，有多少早打定主意，不会回来了？

随着我升上高中，圣诞树也从此匿迹。我才恍然大悟，收起圣诞树，代表在父母心中，家中已经不再有孩童。原来这个节日之前是为了我才保留着。

一九八一年元旦，高二的我参加了台湾当局领导人办公室前的升旗典礼。

我偷瞄了母亲大声唱歌时的表情，激动中带着含泪的幸福。我们都会平安幸福的，我跟自己说。

一年后母亲罹癌，身体从此瘦弱的她，日后经常跟我提起："还记得那年我们去看升旗吗？……"

当然记得。

母亲过世后第二年，我独自悄悄去参加了一次。这回，就当是与她的道别。

电影散场

童年最快乐的印象，几乎都和跟随父母去看电影有关。

我也一直认为，电影曾是他们感情生活中最佳的润滑油。因为我一直记得，当他们还是年轻父母的时候，经常一起去看晚场电影。他们回来时我人已在床上，但还舍不得睡，总爱等着偷听一会儿，因为他们准备就寝的同时，还会继续轻声讨论着刚刚看过的电影剧情。

但不知从何时开始，他们就很少一起去看电影了。

家中有了录放机后，母亲总是自己租片自己看，曾经当过电影导演的父亲，竟然对看电影这件事变得越来越没有兴趣，我无从理解这背后的转折。记得也不过是几年前，他们还会为了许多难得的欧洲艺术名片，专程跑去偏僻的二轮戏院，我一知半解地跟着他们看那些名片，感染着他们的兴奋。

曾跟着他们赶去景美的某家小二轮戏院，只为了一部被当成色情片放映的安东尼奥尼名作《欲海含羞花》。第一次让我感动的艺术片，是在西门町红楼剧场看过的《单车失窃记》。后来我跟旁人问起："你知道台北以前有家华声戏院吗？"看到连老台北都面露狐疑，我就好生得意。"在八德路哦。"我说。我会知道这个地方，是因为我跟着影迷父母在那里曾看了另一部让我此生难忘的《男欢女爱》。

艺术的启蒙与亲子的时光，曾在我记忆中如此甜蜜地连接着。但我的父母从还会相偕去赶晚场电影，到日后一起上街却不再并肩同行，这样的变化是怎么开始的，这在我的记忆中留下一块空白。

* * *

母亲还是爱看电影。我上大学之后变成是我们俩，每年在金马奖与奥斯卡奖揭晓后，常一起赶着去看那些得奖影片。

张毅导演、杨惠姗主演的《我这样过了一生》，因时代背景与她初成家的二十世纪五十年代相符，唤起了母亲许多的回忆：

"那时都是烧煤球啊……八七水灾，你爸不在，我带着你哥还有一个七十岁的用人李嫂，没处可逃，幸好隔壁邻居从屋顶上丢绳子给我们，可是那个李嫂硬是不肯走，说是死了算了……唉，最后好不容易把她也推上了屋顶等人来救。我在上班，请了李嫂照顾你哥，老太太怎么管得住他？那时你还没生，她在我们家干了六七年，总是说：'太太，你要答应我，要带我回南京老家啊！'"

这个忠心的老仆人，据说最后真的就在我们家寿终正寝了。没法带她回老家，但是母亲念在她是个被儿子、媳妇赶出家门的孤单老人，即使后来没法劳动了，母亲却始终没有辞退她，这是母亲做人厚道之处。

"大水退了之后，更可怕的是满屋子的污泥，清洗那些厚泥巴，害我的脚趾被细菌严重感染，半年都没好。"没有男人在家的生活不易，母亲的能干比起电影中的杨惠姗不遑多让。

印象最深的，是有一回与母亲两人一起去看了一部叫《心火》（*Heartburn*）的文艺片，由梅莉·史翠普与杰克·尼柯逊主演的。梅姨饰演一位被老公惯性偷吃搞得抓狂的杂志主编，一再原谅容忍，企图挽回婚姻，最后仍是一场空。

电影结束，母亲坐在位子上半天没起身，最后像是自语般说道："做女人真是辛苦，又要上班，小孩又要生病，碰到男人还在外面一直乱搞，真的是让人心力交瘁……"

她在说她自己的人生，我知道。我当下默默听着，有些难受，却不知该如何回应。

就这样，我错过了也许可以追问出更多内情的机会。

* * *

母亲从发现癌末到往生，不过半年，我每周台北—花莲来回赶，竟然常在进家门后发现，母亲还在吃着我离开前做的那几道剩菜，都不知用电饭锅加热过几次了。这些我都记在心里，无法原谅（或理解）父亲的行为。

但是有天晚上，病榻上的母亲突然要我出去，把父亲叫进她房里，然后他们就关起了门。

听着他们在门后轻声的交谈，我突然就想起了多年以前，看完晚场电影后的他们，也是同样会如此窸窣地低语。不同的是，这回是母亲在跟父亲做最后的交代嘱咐了。

母亲到底跟父亲说了些什么呢？

我永远不会知道。

更重要的是，他们也不想让我知道，那是他们夫妻之间的事。

同在一个屋檐下过了一辈子，即使到她临终前，她的丈夫还是那个暴躁、不体贴的人，但他们之间有过什么样的协议或恩怨，最后要一笔勾销或继续诺守，都跟当时在他们身边唯一的儿子无关。

做夫妻与当父母，未必是一体的两面。当时如此惊觉，令我感到巨大的冲击。

从子女的眼光看待上一代的婚姻，每一个创作者都会面临的一个难题：你自己的位置是什么？你选择介入了吗？你真正了解吗？

读过太多小说或散文，作者是完全以自我为中心的。他／她不能接受父母的不完美，也没有勇气承认自己的过失，最后都是温馨的怀念，或是淡淡的、无伤大雅的几声叹息。

最近看了由普利策戏剧奖改编成电影的《八月心风暴》，那样赤裸而真实地描述了子女对父母婚姻的一无所知，让我终于有种从压抑的悲伤中被释放的感觉。

同时，我无法不去想象，如果母亲还在世，当我们一块儿走出戏院时，这回她会跟我说些什么？

岁月的尘埃

一辆黑亮的进口轿车停在老家巷口不远处。那是一个晴朗的看护休假日，我陪着父亲出门散步回来，禁不住朝那挡道的轿车多瞧了一眼。

司机先下了车，打开了后车门。先下车的老妇我一眼便认了出来，她怎么会三十年都没变？

那时候在一堆同学的母亲中，她就看起来很老了。叼着根香烟，操着一口乡音浓重的闽南语，说起她的宝贝女儿，永远是得意非凡："她从小就说要做一位女外交官！——"

我的那位同学也在车上吗？

果然，用眼角余光便打量到贵为集团总裁女强人的她，随后她下了车。二十年来第一次撞见，我心头一慌，加快脚步并撇过头去。

　　初中我们同班三年，曾是到大学毕业后都还有联络的死党，这些年来只会经常在电视上看见，她成了校友间不时会提到的传奇。从小在语文竞赛上我们都是争冠亚军的战友，直到她弃文从商，成了现在的总裁名人。

　　她的斗志与早熟从小就过人，她的成功绝非偶然。若只是同学会上相见，我想我不会躲避招呼。若只有我一个人在路上，也许还会迎上前去，毕竟当年我时常下了课去她家玩。但她们怎么会乘着私家名车来到我的老家附近？小学时，没有父亲的她居无定所，与母亲三天两头都在搬家。然而，我突然就自惭形秽了。不是因为她如今的头衔，而是我难过，竟然没能让我的父母也过着令人羡慕的晚年。

　　父亲应该根本不会记得我这位同学了，但万一他还记得呢？如果母亲仍在世，看到眼前这一幕，她会沉默不语，还是会对我说：“儿子，有你真好。”

　　父母都不是虚荣、浮夸之人，否则也不会让我念了那个时代的男生都不会选择的文学。我也常自嘲一人饱全家饱，在文学阅读与创作上下了那么多功夫，至今仍然觉得丰富、值得。但，如果只顾自己就好，人生又剩下什么呢？

挽着父亲走到巷口，抬眼看着老家现存的旧建筑，那曾是这条马路上第一栋七层的电梯大楼，我一时间情绪竟震荡难平。

想到父母当年也都是白手成家积揽，给过我这么安稳的童年，但该是我接手维持的时候，却没有能力让这个家不露出残败。

为什么我的工作得在外县市？为什么我会让母亲在临终时说出："你哥他们一家过得很好，你爸会自己找乐子，我都不担心。我唯一担心的只有你……"难道是因为我不够霸道强势？不懂得怀疑与心机？电视上没演吗？怎么会没料到哥哥把父亲的存款领走？当父亲身边多了一个来路不明的女人，为什么还要心存善念，觉得不应该先入为主，以为天底下有情有义的人还是可能存在？

我或许可以辩说，当初是父亲把我赶出去的，照顾父母不是我一个人的责任。如果没有亲兄弟掣肘的话，也许一切会不同。但是事情就这样发生了，容不得无谓的假设。

现在的责任都在我身上，想到能做的就只有这么多，我都有一种自恨自厌。

看看那个焕发一如当年的同学母亲，她可能永远在睡梦中都含笑，这样的女儿有一个就够了！而我只会让母亲在世时担心，让父亲在仍康健时嫌憎。

短暂的冲击过后，又是同样的日子。

但即使是这样的日子，我仍得要战战兢兢地过活。把父亲送进卧房休息，我又得出门去采买，开始准备父亲的晚餐。

并非得到了爱才让我们成为一个幸福或完整的人。

更重要的其实是，

在发现自己被爱蒙蔽或失去了爱之后，

我们成为一个什么样的人。

清

明

所 有 的 坚 强 都 是 不 得 已

谁配当亲爱的？

三十多年的老友，曾是邻居也是同学，十多年前生了一场大病，晚期癌症竟然痊愈。身为基督徒的他说，那是主认为他还有用途，所以要继续留他在世上。

我们中间曾有二十年没联络。他在忙着事业，忙着离婚；我在忙着学业，忙着回台湾后一切从零重新开始。几年前又取得联系，没想到那时在各自人生绕了一大圈后，我们再度隔巷而居，却彼此浑然不知。将近半百之年，却在原点重逢，而我们都已经历了太多。

趁着春假，我这回主动联络约他。老友曾经是外商银行的一级主管，事业巅峰时，桃花也抢着盛开，偏在这时身体出了状况，最后婚姻爱情全部一场空。现在恢复了单身，养病无法工作。有固定女友，但是他说，不会想再婚了，觉得把自己照顾好最重要。

我忍不住这时插嘴，你这个花心大帅哥，现在的人生目标怎么会跟我一样？

晚饭后，我们坐在路边的台阶上，看着过往人潮，喝着超市买一送一的咖啡。"所以，一切到后来都会有答案的。"他说，"这也许是年老的福利之一，终于懂得这一切究竟是怎么回事。"

大家都有故事，但也往往因害怕外界的眼光而说不出口。说出口才发现，人生到最后大同小异。都有沧桑，也都寂寞，但求一份心安理得而已。

曾经以为，自己感情不顺利或总看不对人，是不是要追溯到成长经历中，有父母婚姻阴影所留给我的观念偏差？直到这次被严重地背叛，我终于理解到，并非得到了爱才让我们成为一个幸福或完整的人，更重要的其实是，在发现自己被爱蒙蔽或失去了爱之后，我们成为一个什么样的人。

日本影帝高仓健的最后遗作《我最亲爱的》，也许是近年来唯一感动到我的爱情故事。一般人总不理解，电影、小说都是虚构，怎能信以为真，将其当成人间有真爱的证明？其实，你会为什么样的故事感动，恰恰可以证明你是什么样的人。我只能说，在这部电影中，我看到在最不完美的人世间，人们还能完成一点什么样的情爱。

高仓健饰演的角色，是一个年过五十始终单身、在监狱中担任矫正官的沉默男子，田中裕子饰演的角色则是一位歌唱家，经常来狱中做义务慰问演出。男人的心房不自觉间就被女人的气质与歌声打开了，但女人突然不再出现。

直到某日巧遇，男人才明白她一次次来狱中，为的是其中一个受刑人。受刑人早已身亡，她的声声相思都成了遗憾。女人接受了男人的追求，之后两个中年人度过了堪称平静美满的十五年婚姻生活。女人不幸因癌症离世，临终前曾委托后事，要男人将一封信寄到女人在海边的故乡，并希望他能到她故乡的海上撒下骨灰，再去邮局领信。

在长途的车程跋涉中，男人回想着往日的点点滴滴。他何尝不知道，那个受刑人从不曾被妻子遗忘，或许那人才是女人这一生的最爱。但妻子尊重他，照顾他，理解他，连在病中都手写下简单食谱，为男人的健康着想。终于到达目的地，完成海葬后展信，里面竟然只有"再见"二字。

何以需要如此大费周章，原来是女人连男人丧妻后的心情该如何抚慰都做好了安排，知道若没有这一趟孤独的沉淀之旅，他不可能好好地真正与她道别……

他其实早就是妻子"最亲爱的"了，他终于明白。只是他们之间从没有过轰轰烈烈的爱火，有的只是各自许在心里的一个盟誓罢了。

这样的情感很难吗？当然很难。但我只想问自己配不配得到这样的一份深情，而不想怀疑世上到底有没有这样的相许。

说爱太容易，在"亲爱的"这三个字也已被使用得轻佻的年代，唯有忍受寂寞，或许才能维持住自己人格的某种高度吧。

没那么简单

这样疲于奔命的日子已经好一阵子了。

时间总是不够用。跑银行、存钱、领钱、刷本子。去邮局寄包裹。去干洗店拿衣服。去租片店还片。去买卫生纸、洗衣粉。去便利商店买牛奶、果汁、吐司，利用那里的 ibon 买每周来回花莲的火车票。记得要缴管理费。记得要缴信用卡账单。记得要缴房屋税、地价税、所得税。注意父亲每个月三种不同门诊的挂号日期。注意印佣最近是不是偷懒老给父亲吃麦当劳。抽血报告出来没？为什么又要验尿？水管漏水了。冷气要加冷媒了。又要预约洗牙了。该理发了。该给用人发薪了。该洗厕所，洗厨房，洗床单了……

这些都还是日常生活所需，还不包含我备课、改学生论文、写稿、演讲、录广播、参加评审、研讨会，等等。我的口腔里长了个息肉，竟然从去年十月发现后就一直没时间去做化验割除。

总算下定决心抽空去动了手术。化验报告出来说是良性，我才发现，我压根儿连担心万一是恶性的时间都没有。

是我自己太没有效率，还是因为原本一个人，现在还要兼顾父亲的生活？如果现在的我已经有点不堪负荷，等我年纪再大一点，我还应付得过来吗？

距离"老"这个字又更近了一步，这种感觉日渐鲜明起来。

去邮局领稿费，越是心急，号码灯越是不闪。放眼一瞧，年老长者占了大多数。这边是一对银发老夫妇，不知道第几次遗失提款卡又来重办，那边是一位老太太，怎么也听不懂办事人员跟她解释的内容，为什么她不能自己领走死去老公的寿险金："你的小孩都有继承的份，这又不是我规定的！"一位挂着拐杖、满口乡音的老爷爷抓了一把支票在手上，呜哇、呜哇没人听得懂他到底想干吗，一旁的人都觉得他一定会弄丢那几张支票而莫不捏把冷汗……

看着这群无人帮他们跑腿处理事务的老者，挣扎着在这个信息纷杂多元的快速变化的社会里求活，我原本的焦躁不耐烦立刻化成了同理心。在万事皆将以电子网络服务取代人工的不久将来，我这种现阶段就已跟不上 e 化脚步的中年人，老来处境比起眼下的这群只会更惨。至少他们还能找到一个真实的窗口，而不是虚拟的语音按键。

同时，我仿佛看见我的父母，在我尚未返台的那些年，势必也同这些老人一样，战战兢兢地自力更生。那时才三十多岁的我，何尝想过生活杂务可能对他们造成的负担？因为他们从来没跟我抱怨过，让我一直以为，我的父母是很能独立生活的老人。

母亲死后，父亲恐怕才明白快乐银发族不是吃喝玩乐就好了。没有了母亲有条不紊的家事管理，他开始捉襟见肘，生活终究陷入一片混乱。存折、印章开始找不到了。屋内也不打扫了。衣服不洗了。内衣裤只管一直买新的，衬衫、长裤统统送洗，然后洗衣单也找不到了。连前列腺肥大，排尿早已不顺，却仍讳疾忌医，拖到不可收拾……

对了，医院更是高龄化社会的最佳缩影。独居老人突发急病时该怎么办呢？

我们都无法预想自己到七老八十，会变成一个怎样无助或如何痴横的老人。衰老，不是增加几条皱纹而已，而是会把生活里原本最简单的一些事，搅成了千头万绪。没走到那一步的人，都只是雾里看花。

我不过是假装坚强

做了一个名牌，写上家里印佣的中文名字，要她挂在身上，没事就要指给父亲看。经过了一年多时间，我终于才想出这个方法，而父亲也因此真的记住了，这成了目前我生命里唯一有成就感的事情。

除此之外，生活留给我的印象不外乎灰蒙一片。我不敢去深触这表层底下究竟有什么伏流，我甚至不敢大声呼吸，怕一不小心又会惊动起飞扬的尘土。

一年多前父亲行为的完全脱序，让父子关系疏离已久的我陷入两难。我不知道他身边的女人，还有我的哥哥，对我决定插手挽回已崩散的那个家会有什么反应，更不知生活原本就已够忙碌，且对老人看护一无所知的自己，究竟能否挑得起这个担子。

老人的问题从来不只是食衣住行而已，而是跟他相关的一切都必须砍掉重练，相信只有真正接手过这样任务的人才最能了解。家里出现了不按牌理出牌的失能老人，不管是因失智，还是对年老恐惧因而自暴自弃，他就像是一个会不断扩大的织网破口，属于家人间的一切都会如落石崩塌般，一直掉落进那个破口里。

我在第一时间扑上去，仿佛想用自己的身体挡住那个破口。告诉自己，一路成长过来已经承受过这么多的创伤，曾经独自一人挺过，这回一定也可以。用悲痛的记忆帮助自己再次咬紧牙，类似服用抗生素或施打病毒疫苗的原理，让自我的抗体再度备战。

如今父亲竟然能叫得出看护的名字了！只能说些许感到安慰，一点也不会因此让人松了一口气。从没听说衰老能够逆转回春的，不是吗？眼前的父亲比一年前反应灵活了些，只是暂时的重新启动吗？如果他的失能有部分是心理因素，而非全然功能退化或病变造成，我又怎知他何时又会陷入下一次狂乱的低潮？

有时甚至会恍惚觉得，这突然生效的伤害控管并非由于我做对了什么事。也许，这只是一场未经我同意的浮士德契约，是死去了一位亲人与失去了一个情人所换来的。

哥哥的去世与前任的背叛，留给我的除了悲伤之外，更多的是无解的困惑。他们都在某一个时间点做了不回头的决定，留下我在那个他们不要的世界里。一个与他人劈腿不到两周便斩断三年多的感情；一个在母亲病危前决定不赶回，连自己将撒手人寰前，宁愿跟朋友忙发电邮嘱托琐事，都不愿意给仅剩的父亲与手足留下只字片语，断得可谓彻底。

我再没有机会告诉他，化疗秃的母亲曾要我拍下她的病容，交代我"这张照片以后要让你哥哥看到，让他知道他的娘最后病成什么德行……"但我并没有拿出来，甚至没有送去冲印。是我比她了解她的儿子，还是知道有些人是永远不会改变的？

每个人最近见面时都说："你瘦了好多。"我并没有感觉身体有因此变得轻盈起来，反倒记得的是自己经常是气喘吁吁的。

午夜两点，拖着蹒跚步伐离开我的研究室，独行在宽广得近乎荒凉的校园中。自助餐厅收摊太早，下了课后永远赶不及的我，多年来都只能饿着肚子把事情忙完，在凌晨步行二十分钟前往校区里唯一的超商，买一份微波食物果腹。这一晚，灯光昏晦，野犬贴身徘徊龇吠，尤其不怀好意；暗路途中我却只能硬着头皮，继续朝着五百米外的超商灯光处胆战心惊地前进，因为深更半夜，四望无人，我没有其他选择。

想不起这样的日子我已经过了多久。就像我记不得，上次渴望能有一个伴跟我一起下厨吃晚餐，已是多久以前的事。

当生命中有一大块变成了空白，并非事物消失，只是它们化成了不可见的重量，这种不能也不愿放下的背负，或许便叫作爱。

但是真的好累了。

短短几个月内，连番的打击接踵而至，朋友都不知该怎么安慰才好了，只能用"你比你想象得坚强""你一定可以的"这些话来帮我加油打气。但是我可不可以不必这么坚强？我心里总有一个虚弱的声音在呢喃。一次一次相信事情总有转机，以为挺过了眼下这一关，接下来就不必这么累了。如今我还能继续如此相信吗？

这学期的戏剧课，我选了另一出普利策奖的获奖作品《心灵病房》(*Wit*)。回到宿舍，夜里打起精神备课，把改编的电影版DVD从书架上取下，犹豫了一会儿才放进机器里。爱玛·汤普森所饰演的英国文学女教授，单身无家，有的只有学术上的名声，以及学生皆知的严格不苟。她冷静而睿智，独立又自主，在得知自己罹患癌症后，几乎也当那是学术上的挑战一般，面对曾修过她英诗课的主治医师，更不忘维持住自己向来在讲台上的自信。但是化疗终将击垮她的勇敢，癌细胞继续无情地蔓延，侵蚀的不只是她的身体，更是她一辈子最谨守的孤独防线。没有任何人来探病。没有一个亲近的人了解她的痛苦与恐惧。

曾经是她年轻时一心效法的指导教授，现在早已是一个退休的老奶奶，因为要去参加孙子的生日派对，进城顺道去系里拜访，才知爱徒重病。师徒相见，悲欢尽在不言中，做学生的倒在老教授臂弯中，只能无助地哭泣。老师问："我来念诗给你听，好不好？"爱玛·汤普森的演技在这一刻深深撞击在我的胸口，只见她有气无力，却仍决绝悲愤地喊出了那一声："NO！"——老教授只好缓缓从袋中取出原本给孙儿准备的生日礼物，说："那我来念故事书给你听吧……"

眼前这一幕让我也哭了。独自一人在宿舍中的我，毫无顾忌地开始号啕。

因为太明白这种孤独的代价，所以我知道自己早就没有诉苦的权利。没有人生来就需要这么坚强，所有的坚强都是不得已。

我习惯了咬牙与隐忍，从不奢想老天给我一个全然不同的人生，甚至担心我根本也不能适应那样的喜乐小日子。但是能不能，也让我有一次机会，再像孩子那样哭一次？有没有人可以把我当作孩子一样搂住我，不要再对我说"你要坚强"，而只需宽容温柔地告诉我："好啦，好啦！不哭，不哭……"

只要那样就好。我要的，也只是这么多而已。

如果可以不再有后悔

学期中递出了停薪留职的申请，待三级三审通过，已近期末。

能有请侍亲假的机会，我宁愿是在父亲还能说能动的时候，多花点时间留在台北陪他。真的等到老人家躺在床上不能起也不认得人的那一天，我以为那时再请假侍病床前，已经没有多大意义了。

不是吗?

这一年的惊涛骇浪，不能说已风平浪静。人生教会我的，不过就是永远准备好面对可能的下次风雨。该现在做的就不要再迟疑了，总要有些取舍，人生没有所谓的赢家，不过是看谁能在不圆满中尽量求得一个平安或心安。

我五十一了。单身。母亲与哥哥都已过世。家中只有我和已九十岁的老爸。

突然发现人生走到这一步，也不过这么几句话就道尽。

学校宿舍的租约在这学期也将到期，既然停薪留职申请已通过，不如就搬出吧。我这么决定。上课的最后一周，每晚回到宿舍就开始动手清理房子。

从美国回来后，一直在过着从这个宿舍到那个宿舍的日子。虽然在这个宿舍里已度过了十五个年头，但是我在这空间里存放的只有书和衣物，一直不敢多添长物。家具都可以教人来清走，连许多衣物也因我又瘦了下来，都可以扔弃。看得见的，并没有太多需要装箱打包，最后也不过是留下两箱的书。

十五年的时光又要如何打包呢？

除了在此曾像修行一般度过了母亲离世后的悲伤日子，还有十五年来两位研究生因情伤自杀，同学猛敲着我的门在外喊着噩耗的瞬间。溽热的暑假里，独自在此埋头写着升等论文。还有第二任情人，曾经从美国专程来看我，为我挂上的门帘。我们那时都以为远距离只是暂时，直到对方发现母亲过世后我不可能丢下我爸回到美国，而我也不能令对方移迁来台就业。

都是无奈与不得已。

在宿舍的最后一夜，我走到屋外前的小空地上，点起了一支烟。当烟头燃尽，我的心已平静。

是的，只能交给时间。所有的缺憾与悲伤，终会过去。

打开老家的信箱，一张粉红色的讣闻滑出，我匆匆收进袋中藏起，怕被父亲发现，又有一位老友先走一步了。

一整天坐立不安，欺瞒本就不是我的长项。他们那么好的交情，不应该让父亲知道吗？

等我说出"孙伯伯走了，九十九岁"这句话时，我看见父亲眉头轻皱了一下，然后点了点头。"我年纪大了，也不好去殡仪馆送他了。"他说。

"我帮你送个花篮吧！"我说。

"嗯，这样好。"

那一刻我终于对停薪留职是个正确的决定感到安心。

悲伤是记忆的光

住了快四十年的老家，只在母亲身体仍健康时做过一次粉刷装修，除了越堆越多的杂物，多年来一直保持原样。尤其是父亲的东西他从来不整理，一沓沓过期的画展请帖之外，甚至还有退休前学生交的报告作业。父亲是个绝不料理家务的人，放他单身独居了几年，家中更是凌乱不堪。我曾说要帮他整理却被拒绝，后来看护女人进了门，我更不想多事。印佣只能把看得见地面的空间做些清扫，那些堆放多年的旧箱、破袋没人敢碰，屋顶漏水多年也一直没空整修。

暑假里我终于下定决心，不把那些堆障移除，怎能检查防漏修缮工作真的做到了实处？做出这样的决定后，让我心里真正煎熬的是，要不要连母亲的房间也一并清了呢？

一开始没有动母亲的房间是因为不舍。后来是忙得找不出时间。然后这两年是无力。这回，我决定先从母亲的房间开始整理，每个抽屉、柜子与箱子。若非经历了这么多的变故，我恐怕还提不起这样的勇气，跟母亲的遗物做最后一次的话别。

* * *

梳妆台。

镜面早已雾污，镜边的四角都贴着微见褪色的照片。那一张张，都是母亲与父亲的合照：在朋友的筵席上，在春日的公园里，还有在纽约的街头。

我小心拆下那些照片，捧在手心端详。

是因为她庆幸终于能够走到老来伴阶段的白头牵手，还是母亲贴出这些照片，是希望父亲能看见，开始懂得珍惜这一辈子的扶持？父亲真的有好好看过这些被贴在梳妆镜上的合影吗？母亲每天起床梳妆时，一抬眼就会看到双人合影，是怎样的一种心情呢？

母亲一生不爱珠宝首饰，既无钻戒也无玉镯，光鲜夺目、穿戴在身的都是赝品。这也影响了我从不花钱买名牌的价值观，因为小时候就把她说过的话牢记在心："即使是地摊货，别人也相信你穿的是名牌，而不是用名牌包装自己，那才真正表示你在别人心中有分量。"

我捡起梳妆台小抽屉里的那些耳环手链，笑了。母亲真的骗过了所有人，没有人会相信她没拥有过值钱的首饰。

在堆放着空中英语杂志与电话簿的桌角，我发现了一本稿纸簿，其中还有母亲用最后的字迹写下的一篇散文草稿——

回家的路很长

我在梦里常常回到台北市绍兴南街三十巷父亲的故居——那是台大法学院教授的宿舍。

那些日式房屋都面对仁爱路一段，大约有五六排，每排四五户，大小不等，法学院很多名教授都曾住在这里，也老在这里，父亲就是其中之一。

刚来台湾的时候，能配到这种宿舍，当然是很不错了，尤其还是边间，有前后院，后院还有一个小池塘。继母在池塘里种了荷花、养了鱼，前院搭起了葡萄架，长了一些小葡萄，后来又种了圣诞红。每年冬天，圣诞红既红又艳，使得整个房子看起来热闹得很。

但是这个家我并没有住过，因为继母不喜欢见到我，于是父亲就让我寄住在一个长辈家中。那时我既无法升学，又找不到工作，亲友们都替我做媒找婆家，都说十八不小了，可以嫁人了。

过了几个月，我真的嫁人了。因为长期寄人篱下的日子也不好过。我的丈夫是一个年轻的中学美术老师，北方人，当时我想，嫁给一个年轻人总比中老年人好些。

我们住在师大附中的宿舍，可是我们只有一房一厅，比父亲家差太多了。结婚之后，只有逢年过节才去绍兴南街看望父亲，平时不能去，父亲说继母不喜欢。

第二年，我生了个男孩，父亲很高兴，替他取名。每次我带着孩子回家时，父亲总是开心地抱他，逗他玩。虽然是外孙，毕竟与他有了血缘关系，与孙子没两样。

孩子慢慢长大，绍兴南街三十巷也慢慢在改变。

先是从巷口搭起了一排小木屋，大约有七八间吧！过了不久就有一个山东老头儿打开门卖馒头，接着是理发店、杂货店。又过了一阵子，面摊子摆出来了，老板是个退伍老兵，姓蓝，大家都叫他蓝老板。老张也不示弱，不知从哪里弄来一部旧三轮车，每天坐在巷口等生意。这里已形成了一个小生活圈，他们的顾客主要就是这里几十户的教授家庭，而他们却也给了教授及其家人很多方便。

蓝老板的四川牛肉面真是可口，不只我们全家人喜欢，附近的上班族也闻风而至。一到中午，小餐桌越摆越长，已经到了父亲家门口，似乎有点有碍观瞻，但父亲说："做小生意的，让他们多赚点钱，他有两个孩子在念初中呢！"

老张的三轮车总是在门口等着送我们回去，每次给他钱都不肯收，我们只好改在过年过节时给他红包，他才笑着勉强收下。

继母发现父亲很喜欢我的孩子，于是她就收养了一个男孩，年纪与我的孩子相近，她说是为了养儿防老。父亲没有反对，因为他们的年龄相差十岁不止，是在一九四九年由人撮合成的婚姻。

他们领养来的小男孩非常好动，每天在家里跳来跳去，也在父亲身上爬个不停，他们叫他猴子。我看得出来，父亲不胜负荷。猴子不爱读书做功课，于是请了家教。老师换了无数个，他的成绩还是不理想。

我生第二个孩子时，父亲已是七十岁，但看起来只像六十岁，白发不多，走路很快，身子挺得直直的。因为他饱受猴子之苦，有一回他语重心长地对我说：

"养孩子很辛苦，又没人帮你，两个孩子够了，不要再生了。"

一九五七年，我向教育部门申请复学，因为我合乎大陆来台失学青年条件，教育部门分发我到台大法学院商学系二年级寄读，当时我欣喜若狂，圆了我求学的梦。巧的是与父亲在同一学院，不仅可以修他的课，也时常在教室的走廊上与他碰面。有时我们一起下课，我便陪着他从法学院后门的小路回家，那里也是绍兴南街，但没几户人家。

有一次我漫步从绍兴南街绕到上海路（即现在的林森南路），曾听说过这边巷子里有个菜市场，我想顺便买点菜回家做晚餐。经过泰北女中时，我停下来在校门口看着女学生放学，觉得她们真是天真活泼又美丽。当我买好菜之后，发现有一个老旧的庙，我好奇地伸头往庙里看，好像没什么香火。一位路人告诉我，那里面放的都是抗战时期日本军人的骨灰，可把我吓了一大跳！

转眼三年过去，我的学生生涯结束了，我变成上班族，每天早出晚归，没有机会陪父亲在绍兴南街散步聊天了。那时大家都装不起电话，所以只能隔一两周下班后抽空去看望他。进门之前，我都先在蓝老板的面摊上吃碗牛肉面，以免看继母的脸色。

我的长子初中毕业时，猴子也应该毕业了，但是他没有领到毕业证书，学校要他再试读一年看看。当继母知道蓝老板的女儿考上的是北一女，她一气之下就把猴子送到中坜附近的一所军办技术学校就读，那里不需要初中文凭。她对猴子的确费了不少心思，如今她不愿意再见到他了。

台北中正纪念堂落成之后，为了要辟一条道路通往仁爱路一段，面对大忠门的违章建筑全部拆除，但绍兴南街三十巷却丝毫未动，那些住户可以照常做生意。只是老张的年纪大了，不能拉车，改行养鸟，他住的房子太小，只能挂一个鸟笼而已。他和父亲商量，允许他在院子里搭了架子，挂起一排鸟笼，还给他一把大门钥匙，以便他自由进出照顾鸟儿。他养的是画眉鸟，清晨会唱歌，令人有住在郊外别墅的感觉。

我的两个孩子都先后从大学毕业，去美国进修。猴子从中坜调到金门。继母说："越远越好。"她本以为他可以在军中待一辈子，没想到那年冬天，他突然退伍回家了！两位老人家都吓了一跳。原来那个学校不需要服役终生。有一天，继母竟向我诉苦，说猴子不务正业，常常向她要钱，不给他就在家里大吵大闹，他也不怕你爸爸……

父亲心情郁闷，日渐衰老，终因体力不支而病倒。

十二年来，我只有在父亲去世满百日那天，回到绍兴南街一次，之后我避免路过仁爱路一段，避免见到那一堆老旧的台大法学院教授宿舍，为的是不愿勾起心疼的往事。

去年小儿子学成返台任教，有一个周末，他带我和外子去徐州路参观市长官邸改成的文艺沙龙。我顺道到对面的法学院转了一圈，校园变小了，当年的杜鹃花园变成了高楼，离校四十多年第一次造访，我特地去看从前商学系上课的那一排教室。教室依旧，走廊依旧，只是父亲的身影永远消失了！

回家时，小儿子坚持要去绍兴南街三十巷看看。一进巷口，便看见一个胖老头儿坐在小竹凳上摇扇子，再仔细一看，那不是蓝老板吗？小儿子上前喊他，他似乎也想起了我们："蒋小姐，好多年不见了"——我问他还卖牛肉面吗？他摇头说："不卖了，做不动了！"

停了一会儿他又说："本来在新店买了一户公寓，后来因为两个孩子要留学念书，便把它卖了。我和我老婆又搬回这里，还是这里好，有人情味。"

我看看四周环境，觉得有些荒凉，便问："这些宿舍还有人住吗？"他回答："老教授们都走了，有办法的孩子们也买了新房搬走了，现在只剩下几户人家。"

我想再问他："猴子呢？他是不是还住在这里？"

我开不了口。我又想起父亲痛苦的晚年。

* * *

文章到此搁笔，感觉母亲还没有写完。来不及继续，癌细胞已迅雷不及掩耳地扩散。

也无法再往下写了吧？一代代，一户户，都是同样的故事，周而复始，隐藏着，纠结着，一说多了就要心痛。

文章中提到的人，多数都不在了。确实也再没见过猴子小舅，到底在母亲心中，他们算不算是一家人呢？

那个下午，陪她去法学院重游的记忆仍清晰存放于我的脑海，因为接下来陪她出门就只有跑医院了。我记得从淡水和信医院回家的路上，坐在捷运车厢，母亲整途不发一语。不久前，她还没法好好跟自己的父亲与老家道别，没想到可能很快就要跟丈夫与儿子说再见了。人生真是何其荒谬又残酷。不过转眼，换成我在面对着不可知也不可逆的结局。

* * *

有什么东西好像卡在了小抽屉与梳妆台的里层，我伸手进去掏摸，是一个信封，外面套上了塑料袋，再用红绳捆起。扁扁的，显然不是有什么珠宝被藏了起来。我好奇地解开红绳，纳闷着，有什么宝贝需要母亲这样慎重地藏匿呢？

我绝没有想到，信封里头这几张黄旧的纸，对母亲来说竟比珠宝、房契还要珍贵。

第一张是她在入台前，就读香港华侨工商学院会计系一年级的成绩单。三十八学年度下学期，上面写着：中文 90，英文 92，法学通论 95……反倒是商用数学只拿了 64。母亲的大一生活，恍惚如水印般隐隐若现……这小小一张纸被母亲保留了五十年，为什么？

十七岁的她，千辛万苦总算在香港与失散的外祖父重聚。那一年，可能是母亲这一生最短暂的无忧时光。还是青春的少女，最喜欢的科目是中文与英文，后母还没有嫌她是眼中钉，也许正梦幻着爱情，没想到一年之后便只能为了逃离寄人篱下的生活而结了婚。

看过一张母亲梳着两条辫子，身穿白色旗袍，以香港的海港做背景的照片，那笑容是多么甜美纯真。没想到照片竟比不上这张手工抄录的成绩单，那上面教务处的用印，1950 年 7 月 28 日的字样，还有钢笔墨水记下的七门课名，这才第一次让我真正与十七岁的母亲有了对话。

终于知道，我喜欢文学是其来有自，母亲是非分明的处世态度，也从她对法学的兴趣可以看出端倪。但是真正的兴趣都不得不因日后的生活重担而放弃了，转修商科让她解决了经济的困窘。现代年轻人口中的逐梦，对母亲那一代人而言是多么遥不可及。

然而，母亲这一生却全力支持了两个搞文艺的人：一个是我，一个是父亲。

* * *

信封里的第二页，是一张公文纸。发文者是台湾大学教务处。

教育部台（四六）辅字第一六〇四八号令及名册，略以该生准予分发本校法学院商学系贰年级寄读，饬即通知该生注册入学，并于注册前向部领回学历证件呈校报部核备等因。

这张入学通知，一定让当时的母亲看到了人生另一个希望，否则没有学历，丈夫远在欧洲，带着才三岁的哥哥未来要怎么办呢？同样被好好保存的，是三年后教育部门的另一纸公文——

查台湾大学四十八年度第二学期寄读应届毕业生名册内列有该生姓名准予发给毕业证书。特此通知。附发毕业证明书一纸。

她做到了！顺利取得了大学文凭了！虽然都是听过的故事，但是，被这样偷偷珍藏起的文件，才更让我体会到故事中已被轻描淡写带过的辛酸与喜悦。文件中还有什么呢？

下一张出现的是一九六一年，母亲第一次购屋的买卖同意书，记载着五十多年前永和的房价，五万元新台币。那可是勇敢的母亲，在没有父亲或外祖父的资助下，独立存款标会筹出的一笔钱啊！

我开始有些明白了，这个小信封里珍藏的，或许是母亲这一生觉得最骄傲的时刻。

几张破纸透露着母亲的心事，她想记得的，无非是自己也曾那么满怀希望、力争上游地活过。只有那时的她是属于自己的。

那个青春的少女后来只剩下身不由己的无奈，为了婚姻，为了家庭。无怪乎她要把这个心事用这么隐秘的方式，收藏在之前从没有人找得到的地方。

在她过世的十三年后，我发现了她秘密的欢喜与忧伤。

＊＊＊

另有一张从考卷上撕下的纸片竟也藏身在这些珍贵的文件中。小学四五年级的四则运算方程式，并不是我的字迹。

翻到背面，先是看到一个孩童的涂鸦，模仿漫画的线条，画的是一位肌肉硬汉在持枪射击。然后才发现那是哥哥留给父母的一张字条，上面是这样说的：

妈妈、爸爸：

我走了　我实在受不了现在的环境　所以走了　你们不必找我　我也不会回来的　我将要自己谋生活

儿　敬上
12 月 7 日晚 8 时 33 分

可能只是童言童语，也可能是真的发生了什么重大变故。但，为何家中再也没人提过这桩哥哥出走的插曲？

没有注明年份，我无法判断这是在我出生之前，还是之后？"我实在受不了现在的环境"，出自一个孩童之口，究竟指的是什么呢？可以确知的是，父亲已从欧洲归来，因为字条是留给两个人的。而且，是把妈妈写在前面，不像我们惯例以爸妈顺序称呼。但导火线又是什么呢？

震惊之余，更多的感触是沉重。

如果不是晚了十年出生，我会不会也跟哥哥一起上演了离家出走的戏码呢？

童稚的笔画，与后来我所熟悉的字体已大相径庭。从来没有机会认识那个仍是孩子的他，这是两兄弟始终无法跨越的鸿沟。没想到他小小年纪就决定离家了，恐怕这颗种子一直就埋在他心底继续发芽，这一生都没有改变。但是多年前他曾对我说过的那句："爸不该回来的……他一回来把妈的人生也毁了。"现在找到了更原始的佐证，文字之外，还有那个持枪硬汉的图说。

我始终都知道，哥哥心中有一股浇不息的恨，但兄弟间从没针对这件事好好说个明白。曾经我还抱着希望，终有一天，那许多我所不知的破碎过往终将真相大白，如今他已过世，唯一可以补白我对我们家记忆的那条线索也断了。最后能找到的，只剩这张字条。

让我更不解的是，这张字条为什么会出现在这里？如果其他的文件都标示了母亲生命中最重要的自我完成，这张字条需要被收藏成为秘密的原因是什么？

难不成，是母亲另一次下定决心的宣誓？在如今成谜的某桩事件发生后，她做出了守住这个家不离不弃的决定？

还是说，往日与她相依为命的独子，在这一夜之后彻底改变了？虽然是气冲冲的离家字条，但到底还是带着些纯真的任性，或者还有想要赢得母亲注意力的意图。也许，母亲想要留住的，是哥哥从此消失的童真？

当然也有可能，让哥哥受不了的环境变化，就是我的出世……

但，我还是不禁会想，如果哥哥还在世时，这张纸条就已被发现，会不会因此能够化解了他对母亲、对这个家一生的积怨？

他可能做梦也没想到，母亲一直这么在乎他。否则，怎么会把这张字条与其他重要的人生记忆收藏在一起？

* * *

光是整理母亲的梳妆台，便已让我的情绪又反复陷入了悲伤的沉思中。显然我又给自己找了个远比想象中艰难的任务。

一年多来，变故一再把我推出了我始终不肯放弃的圆一个家的梦想，引我走上了由悲伤铺成的一条迂回歧路，有时让我觉得全然迷失，有时让我觉得无法继续举步。从没想到，这条路究竟要把我带向哪里。

或许，迂回的歧路，也是人生中需要的。

悲伤把我带进了不得不重新面对自己人生的困境，独自跋涉，路上拾起了一些失落之物，也决定放下一些沉疴。最后，它把我带到了母亲的梳妆台前。

循着悲伤的轨迹，也可以画出一个圆。那是属于我自己的一个圆。

也许，那是在喧哗浊世中，我仅存的纯净。

后记——悲伤，我全力以赴

郭强生

若不是受邀撰写了一年的专栏，不会有这本散文的成书。这个专栏受到很大的关注与回响，是我一开始完全没有意料到的事。

一周一篇，写下了我在生命艰难转折那一年里的所思所想，同时新的生命变故继续接二连三而来。我借着书写维持了我那段日子里最具底线的清醒，与现实搏击，与过往和解。原以为这都是自说自话的私散文，每周章有上万读者的点阅转帖。我仿佛感觉到，原来我说出了太多人不敢说出口的心事。

过了四十岁以后，写作对我来说，就是面对自己。

往事一层层揭开，更重要的是，我与自己的和解。

以前从没在作品中提过在一九九六至一九九八年受抑郁症所苦的往事，直到在专栏结束后，又担任了联副的驻版作家，发表了《微温阴影》一文。之所以没把这样的经历当成题材——尤其是抑郁症书写曾经蔚为流行的那几年——就是因为我一直还在沉淀体会，对我的人生来说，它究竟是否具有某种启示？我的抑郁症因为感情遭受到重创而起。好友自杀身亡，带来的不光是一场悲伤的结局，于我而言，更像是一种判罪，把我打进了暗无天日的牢笼；也如同诅咒，预告了我注定一生颠簸的感情生活。回复过往的"正常"生活是不可能了，忧郁早成了三十岁后生命的某种底色，因为压抑，因为孤独，因为物伤其类。原本摆在眼前的是人人都会称羡的人生蓝图：一路读的都是明星学校，二十岁出头已有了一点文名，未来五子登科绝非难事……但是我却选择了不活在谎言中，一跤跌出了世人所谓的美满幸福之外。但，若非如此，那个似乎稳坐人生胜利组的我，这辈子就永远无法懂得什么是慈悲与宽容。说是人生多了缺憾，但也未尝不是获得。从忧伤与痛苦中站起来，心变得比以前柔软了，也让我真正感受到，什么叫处在弱势与边缘的有口难言。接受，是人生艰难的功课。二十年过去了，我才终于宽容与接纳了自己。

在这个大众传媒几乎到了无孔不入的年代，很多人都怕错过了外面在发生的事，到头来他们其实错过的是自己，错过与自己的对话，疏于观察感悟自己内在所经历的种种变化。说穿了，与其期待外在世界能发生什么重大的转变，然后自己的苦闷就能一下解决，还不如来检视自己的贪嗔痴怨。也许这也属于疗愈的一种吧？该面对的都去面对了，也就无挂碍了。

随着人到中年，越发体会到所有的过去其实都并未过去，它们都在不可知的角落守候着我们。如果我们可以选择在生命里与哪些人相遇，结果真的就会比较圆满吗？我不确定。有时我反而觉得，死亡是暂时的。母亲、情人、好友，在那些年里相继离世，但走过悲恸之后，他们又都回来了，太多的事物和景象都会让我想起他们。有时我会恍惚以为，他们只是走开了一下子，其实，他们从没有真正离开过。

所以从某种程度上说，写作也是我生存的手段，怕自己有一天被这个世界彻底改变，忘了自己曾经那样炽热，也那样寂寞，再没有了自己的声音。就这样一直写下来了，从未高举过什么伟大的主题，或标榜过任何独特的风格。我是个活到哪里就写到哪里的人。每当读者问我，进行创作最重要的是什么，就我自己的经验回答，那就是"真实"吧。

感谢在书写期间，一直为我打气并关心我近况的朋友们。

还有那些从不曾谋面的读者们。因为你们，我看到人性中可贵的同理心与开放胸怀，在我们这个时代，仍温柔地继续存在。

图书在版编目（CIP）数据

何不认真来悲伤：向着记忆的光前行 / 郭强生著
. -- 南京：江苏凤凰文艺出版社，2021.11
ISBN 978-7-5594-6246-6

Ⅰ. ①何… Ⅱ. ①郭… Ⅲ. ①散文集 – 中国 – 当代
Ⅳ. ①I267

中国版本图书馆CIP数据核字(2021)第172369号

本著作物经北京时代墨客文化传媒有限公司代理，由作者郭强生
授权在中国大陆独家发行中文简体字版。

何不认真来悲伤 ： 向着记忆的光前行

郭强生 著

责任编辑　周颖若
特约编辑　吕新月
策划编辑　刘 平 栾 喜
出版发行　江苏凤凰文艺出版社
　　　　　南京市中央路 165 号，邮编：210009
网　　址　http://www.jswenyi.com
印　　刷　北京中科印刷有限公司
开　　本　880 毫米 ×1230 毫米　1/32
印　　张　7.75
字　　数　130 千字
版　　次　2021 年 11 月第 1 版
印　　次　2021 年 11 月第 1 次印刷
书　　号　ISBN 978-7-5594-6246-6
定　　价　56.00 元

江苏凤凰文艺版图书凡印刷、装订错误，可向出版社调换，联系电话025-83280257